Mais ce n'était pas le moment de lancer un débat et j'évitais d'ailleurs de faire des phrases car je percevais ma voix molle et pâteuse et pleine de torpeur et instinctivement je cherchais à dissimuler que son appel m'avait réveillé et rien d'autre ne m'importait à cet instant précis, au point que je préférais encore apparaître distant au bout du fil et froid et désinvolte et pourquoi fallait-il aussi qu'elle appelle non seulement le jour de la mort de Michel Leiris, mais au moment où je dormais, au moment où j'étais le plus démuni et le moins susceptible de répondre à son appel et même dans l'incapacité la plus totale d'en éprouver le miracle. Mais rien ne se passe jamais idéalement dans la réalité et sûrement est-ce une chance pour l'humanité, mais à cet instant je n'en faisais pas moins tout pour qu'elle ignore que j'étais en train de dormir au beau milieu de l'après-midi, il n'en était pas question, comme une faute de ma part ou un outrage à ce qui survenait pour une fois d'exceptionnel, ou elle aurait cru je ne savais quoi que je voulais justement qu'elle ignore et, non, ma vie n'était pas devenue un long sommeil et je ne passais pas mon temps couché et gisant en moi-même depuis qu'elle m'avait quitté ; au contraire, je vivais une fête permanente et j'allais en pleine forme et chaque instant était un gentil coquelicot et qu'imaginait-elle donc ?

Le plus extraordinaire fut que pas une seconde je ne me souvins que je m'étais juré de ne plus jamais lui adresser la parole et qu'elle m'avait quitté des années auparavant sans un mot ni une explication, pas même au revoir, comme on abandonne les chiens au début de l'été, me disais-je à l'époque, et même un chien attaché à un arbre pour plus de sûreté et j'en avais fait le tour de mon arbre et dans tous les sens et grimpé dedans encore, depuis le temps, des milliards d'heures, plusieurs années à l'attendre dans le vide et à la maudire dans le noir, oui, la maudire, car sa disparition m'avait enseigné que j'étais moins exemplaire que je ne le croyais ; mais tout ceci semblait maintenant n'avoir jamais eu lieu et seul comptait le fait qu'elle appelle et la certitude qu'il s'agissait d'une chance que je devais saisir.

J'avais tellement désiré cet instant que j'étais capable d'en prévoir le déroulement, oui, je savais ce qu'elle allait dire à force de m'être récité cette scène dans ma tête et je pouvais déjà me voir lui expliquer doucement que le passé était le passé, il y avait prescription à présent, peu importait aujourd'hui qu'elle m'eût quitté et quitté de la manière dont elle m'avait quitté, elle pouvait me croire, c'était oublié, j'avais compris l'origine de mon malheur et cela n'avait rien à voir avec elle et je ne lui en voulais plus et chacun faisait comme il peut dans ce monde et c'était finalement la vie qui était cruelle et nous tous qui étions innocents et des choses bien plus terribles ne se produisaient-elles pas chaque jour ? Encore ce matin Michel Leiris était mort et la veille c'était la reddition des derniers indiens Mohawks et demain éclateraient une guerre et/ou un scandale qui seraient aussi vite remplacés et finalement le monde tournait la page bien plus vite que moi et il ne plaidait pas en ma faveur quand il m'avait fallu des années pour surmonter son départ ; sans compter que chaque soir l'amour parvenait à triompher à la télévision de tout ce qui le nie en seulement une heure et demie et, entre 20 h 45 et 22 h 30 environ, la justice trouvait le temps d'être rendue et la liberté d'être rétablie dans les cœurs et l'humanité de recouvrer un nom et un visage et une fois j'avais même vu la Terre sauvée d'une météorite géante en moins de deux heures et je ne confondais pas plus qu'un autre la réalité avec la fiction mais j'en étais insidieusement venu à croire que je pouvais retrouver le sourire, peut-être pas en quatre-vingt-dix minutes mais presque, oui, assurément je devais retrouver le sourire dans un laps de temps à peu près similaire ; il n'en avait rien été et il m'avait au contraire fallu un temps fou pour digérer sa disparition et finalement je considérais aujourd'hui qu'il avait sans doute mieux valu qu'elle me quitte de cette manière insensée, au moins cela avait-il

eu du panache et toutes les histoires ne lais-
saient pas de telles traces certifiant qu'elles
ont eu lieu et j'étais d'accord avec elle, oui,
elle n'avait en réalité cherché qu'à sauver sa
peau, c'était devenu tellement invivable entre
nous, l'instinct de survie l'avait poussée et elle
était désolée, elle me disait alors qu'elle était
désolée et me demandait doucement pardon
et j'avais envie de pleurer et de laisser enfin
couler des larmes tandis qu'elle se demandait
encore comment elle avait pu partir comme ça
du jour au lendemain après quatre ans de vie
commune et tout ce que nous avions vécu et
partagé ensemble ; mais elle n'avait pas pu
faire autrement et elle souffrait tellement à
l'époque et elle était si jeune et elle se sentait
tellement coupable, sans savoir pourquoi elle
se sentait en permanence coupable et je
n'avais jamais soupçonné à quel point et
c'était peut-être de la faute de la société ou de
sa famille ou de tout autre chose, elle ne savait
pas, mais au bout du compte elle avait saisi la
première occasion qui s'était offerte et elle
avait suivi le premier homme qui avait voulu
d'elle et il était gentil et il l'aimait et elle aussi
l'aimait malgré son âge et sa petite taille et ils
avaient une petite fille à présent et elle était
heureuse que je le prenne comme ça. J'allais
rire, mais elle était persuadée que j'étais
devenu un clochard et dans l'autobus elle
cherchait à travers les vitres ma silhouette sur
les bancs publics car elle avait la certitude

que les choses avaient mal tourné pour moi
et ça lui faisait peur et pendant des années
elle avait craint de me croiser par hasard et je
n'imaginais d'ailleurs pas le temps qu'il lui
avait fallu avant qu'elle ose me téléphoner et
retrouver ma trace n'avait du reste pas été
facile et finalement elle était encore désolée
et elle voulait que je lui pardonne et il fallait
que je comprenne, c'était important pour
elle, et je comprenais, je comprenais toujours
tout, et je pardonnais car j'étais grand et
magnanime dans mes rêves et il n'y avait pas
grand-chose d'autre à dire ni à faire.

Cette fois c'était pourtant sa voix, je n'avais
pas affaire à une chimère que je m'inventais
pour combler le vide et me passer du baume,
comme on dit, enfin j'allais connaître sa ver-
sion et elle allait sincèrement me demander
pardon et reconnaître ce qui avait eu lieu et
de sa main fermer doucement mes paupières
pour que je puisse désormais regarder vers
ailleurs et aller au ciel et aimer de nouveau
sans arrière-pensées, oui, elle me devait une
explication ou je ne savais quoi qui referme-
rait le tombeau et tout reposerait alors en
paix et on n'en parlerait plus et tout serait
racheté et rasées les herbes folles et les orties
qui avaient poussé en moi. Pourquoi aurait-
elle appelé sinon ? Je voulais connaître la
vérité et le sens de l'histoire et redevenir léger
et j'étais prêt.

Mais elle n'appelait pas pour parler du passé
ni même y faire allusion et encore moins le
déraciner comme je l'avais espéré et à cette pro-
messe mon cœur avait immédiatement bondi et
s'était mis à caracoler de joie et je l'avais senti
s'élever très haut au-dessus de moi avant de le
voir retomber tout à coup et reculer précipi-
tamment dans l'ombre et se terrer de honte
lorsqu'il avait compris qu'elle téléphonait pour
m'inviter à une soirée et ne téléphonait que
dans cette intention et uniquement pour m'inviter à une soirée et faudra-t-il se pincer toute la
vie de ce qui nous arrive ? Elle précisa qu'il
s'agissait d'une "grande soirée" et elle comptait
sur ma présence, c'était important, elle me le
demandait comme un service et elle eut un
petit rire au bout du fil tandis que je me répétais silencieusement qu'elle n'appelait donc
après toutes ces années que pour m'inviter à
une soirée comme si de rien n'était et que le
temps devait tout abolir et Michel Leiris être
encore vivant.

Je fermais les yeux en l'écoutant. Il s'agissait
de l'anniversaire de la meilleure amie de son
mari, celui qui était finalement devenu son
mari et le père de sa fille, oui, chaque année
Sophie, c'était son prénom, "une artiste
contemporaine" me précisa-t-elle avec des
guillemets dans la voix, j'en avais peut-être
entendu parler, mais si, Sophie Calle, celle qui
suivait les gens dans la rue, bref, cette amie,

m'expliqua-t-elle, invitait à chacun de ses anniversaires un nombre de gens correspondant à son âge plus un "invité mystère" censé incarner l'année qu'elle allait vivre et elle avait été chargée cette année-là d'amener le mystérieux convive et elle n'avait pu refuser et elle avait alors pensé à moi et elle eut de nouveau un petit rire et c'était l'unique raison de son appel.

Je demeurais impassible à l'autre bout du fil. Fer forgé. A l'évidence elle n'avait trouvé que moi dans ses relations pour se prêter à une telle mascarade et personne ne me connaissant j'apparaissais effectivement le candidat idéal et je songeai aussi que remplir cette mission devait drôlement lui tenir à cœur pour qu'elle ait surmonté tous les obstacles que notre histoire dressait a priori entre elle et le fait de décrocher son téléphone pour m'appeler dans l'unique but de m'inviter à une soirée ; à moins qu'elle n'ait agi par pure désinvolture ou n'ait trouvé que ce prétexte pour me revoir et voulait-elle donc me revoir ? Tout était possible. Mais pourquoi aurait-elle eu besoin d'un prétexte ? Il lui suffisait d'appeler et de me dire : "On peut se voir ?" ou bien "J'aimerais qu'on se voie" ou mieux encore "Tu veux bien qu'on se voie ?" et sa voix se serait alors adressée à ce qui nous avait liés et que mille ans ne pourront défaire et je serais aussitôt accouru, le cœur battant serais accouru. Alors que m'inviter à une soirée ! Pour qui me prenait-elle ? Il n'en

était pas question et assez d'humiliations et
c'est d'une voix presque enjouée que je m'entendis pourtant lui répondre que j'acceptais
son invitation. Oui, je serais "l'invité mystère",
sans faute, parole, elle pouvait compter sur ma
présence, tandis que tout grinçait des dents en
moi. Elle parut aussitôt incroyablement soula-
gée et en un instant ce qu'il y avait de myosotis
dans sa voix fut ressuscité et je notai sur un
papier l'heure et l'adresse de la soirée ; puis,
sans que je sache comment, elle avait déjà rac-
croché et ce que nous avions maintenant à
nous dire ne pouvait de toute façon l'être par
téléphone.

En reposant le combiné mes mains tremblaient et la pièce était silencieuse et l'atmosphère livide et le téléphone me narguait sur le
lit et je l'envoyai balader de rage à l'autre bout
de la pièce ; mais il ne se démantibula même
pas et de longues secondes je restai à écouter
la tonalité qui alternait dans le noir et c'était
encore pire ; alors je me levai pour remettre
l'appareil d'aplomb et raccrocher le combiné
et je ne savais que faire et je me mis à tourner
en rond dans tout l'appartement et c'était vite
fait et c'était le bouquet, oui, je ne trouvais
rien d'autre à dire que : "C'est le bouquet. Ce
coup-ci, c'est vraiment le bouquet" et une
bonne heure je restai à tourner en rond dans
l'appartement en répétant tout haut ces mots
comme s'ils étaient tout ce qu'il me restait de

vocabulaire et, en même temps, je sentais une sorte d'allégresse fourmiller dans mes veines et je jubilais malgré moi car le rendez-vous qu'elle me devait depuis tant d'années était enfin arrivé et cela valait bien que je me ridiculise dans une soirée mondaine, en bien pire j'aurais accepté de me transformer si c'était le prix pour la revoir et qu'elle s'explique enfin et coupe enfin la laisse qui me reliait à sa disparition et qu'enfin cesse tout étranglement et je voulais des réponses et la suite de mon existence dépendait de cette soirée, j'en étais convaincu, et cette nuit-là je rêvai d'un cheval qui piétinait une queue de pie.

Le jour de mon anniversaire je crains d'être oubliée. Dans le but de me délivrer de cette inquiétude, j'ai pris en 1980 la décision d'inviter tous les ans, le 9 octobre si possible, un nombre de convives équivalant à mon nombre d'années. Parmi eux, un inconnu que l'un des invités serait chargé de choisir. Je n'ai pas utilisé les cadeaux reçus à ces occasions. Je les ai conservés, afin de garder à portée de main les preuves d'affection qu'ils constituaient. En 1993, à l'âge de 40 ans, j'ai mis fin à ce rituel.

EXTRAIT DU *RITUEL D'ANNIVERSAIRE*, SOPHIE CALLE, ED. ACTES SUD, 1998.

LE LENDEMAIN et les jours qui suivirent n'eurent pas de nom. Son appel m'avait replongé dans d'infernales turpitudes que je croyais vaincues et qui ne l'étaient soudain plus et je me sentais affreusement tiré en arrière vers des idées noires dont je me croyais débarrassé et de nouveau la proie de monstres anciens et grimaçants comme si tous mes efforts pour leur échapper et aller de l'avant n'avaient finalement servi à rien et que rien ne servait jamais à rien et j'avais envie de m'arracher la peau du visage. Cela faisait pourtant longtemps que je me croyais tiré d'affaire, comme on dit, et lorsque j'achetais du pain dans une boulangerie je ne songeais plus systématiquement à elle et bien d'autres raisons me faisaient encore supposer que je m'en étais sorti, comme on dit, et que j'avais remonté la pente, comme on dit, et même refait surface comme chacun y parvient toujours plus ou moins, fût-ce au prix d'une irrémédiable modification de son être et d'une désastreuse transformation de soi perceptible dans le pli de la bouche, les épaules ou les cheveux, plus sûrement dans le fond de l'œil, la démarche ou la manière de rire et de parler et de se comporter en général et il suffit de regarder autour de soi pour s'en rendre compte.

A moins que cela ne loge dans la tenue vestimentaire : alors que j'avais toujours abominé
les sous-pulls à col roulé et les hommes qui
portent des sous-pulls à col roulé, à mon sens
le genre d'homme le plus abominable qui soit
et le plus faussement fringant et, comme on
dit, le moins franc du collier, justement, je
m'étais mis à porter des sous-pulls à col roulé
depuis qu'elle m'avait quitté, d'affreux sous-
pulls à col roulé que je ne quittais pour ainsi
dire jamais et sans doute avais-je ainsi l'illusion que plus rien ne pourrait me quitter et,
en tous les cas, ils avaient fait irruption dans
ma vie sans que je m'en aperçoive et par la
suite il avait été trop tard, la fatalité des sous-
pulls à col roulé s'était emparée de mon existence et même abattue sur elle et plus jamais
je n'avais éprouvé la sensation du vent sur
mon cou indissociable de celle de la liberté ;
mais peu importait si cela avait été le prix à
payer, me disais-je à l'époque, peu importait,
chacun son carcan, tout au long de notre existence nous ne cessons finalement de nous
éloigner de nous-mêmes et de disparaître derrière ce qui nous nie et je n'étais pas le plus
mal loti car d'autres s'en sortaient moins bien,
me consolais-je en observant autour de moi
des gens revendiquer de la tête aux pieds des
pansements bien plus spectaculaires que le
mien, oui, mon cas n'était pas si catastro-
phique, me disais-je, j'avais finalement trouvé
un moyen acceptable de circuler dans le

monde en dissimulant la réalité de mon état et je pouvais de nouveau faire semblant devant les autres autant qu'ils le faisaient devant moi et tout allait en définitive à merveille et sans heurts et dans l'impunité la plus totale et j'étais bien tranquille et j'avais même rencontré quelqu'un.

Oui, en dépit de mes sous-pulls à col roulé une femme s'intéressait depuis peu à moi et de manière inespérée mes sous-pulls ne lui répugnaient pas quand la plupart des femmes éprouvent une répugnance instinctive et à mon sens légitime envers les hommes qui portent des sous-pulls à col roulé ; à moins qu'elles ne leur trouvent du charme mais de celles-là je me gardais et préfère encore me garder et, de toute manière, ce n'était pas son cas, elle ne semblait simplement pas s'apercevoir de ma névrose vestimentaire et je lui en étais profondément reconnaissant et, en même temps, m'exaspérait et m'horripilait le fait qu'elle n'en éprouve jamais aucun dégoût, même un peu, juste une heure, je me serais senti moins seul alors et une part de mon fardeau se serait évanouie et la certitude qu'elle m'aimait *en connaissance de cause* aurait soudain donné une éclatante valeur à ses sentiments. Mais non, elle semblait croire que porter des sous-pulls à col roulé ne recelait aucune signification profonde et je demeurais méconnu à ses côtés et furieux et paradoxal et de la manière la plus odieuse et la plus injuste je lui en voulais en mon for de s'accommoder de mes sous-pulls alors que c'était justement son insouciance à leur égard qui me l'avait rendue précieuse au début et tout est si retors en nous et les chances qui nous sont offertes ne sont-elles que des traquenards déguisés ?

C'est le pire qui peut m'arriver, lui disais-je. Le pire pour que je ne me sorte jamais de cette situation et que je demeure qui je semblais être mais n'étais pas et n'avais jamais été et ne l'étais devenu que par la force des choses, comme on dit, tandis qu'elle-même faisait sans cesse le geste de se caresser la joue droite comme si elle devait effacer à chaque instant une trace ou je ne savais quoi l'irritant en permanence, une gifle dont elle ne pouvait oublier combien elle avait été cuisante et qui l'avait laissée irrésolue et abrutie ; mais lorsque je lui faisais la remarque qu'elle n'était pas née avec ce geste, elle riait et haussait les épaules et prétendait que je cherchais midi à quatorze heures, comme on dit, et elle persistait à ne voir qu'une innocente manie dans cette caresse qu'elle ne pouvait alors justement s'empêcher de faire et je m'abstenais de triompher devant elle pour ne pas gâcher la soirée ni envenimer les choses et, de toute manière, tout cela ne serait jamais arrivé si des années auparavant l'autre ne m'avait pas quitté du jour au lendemain sans un mot ni une explication, etc., et tout compte fait je préférais dormir l'après-midi lorsque je me retrouvais seul et voilà qu'elle me téléphonait et voulait que je vienne à une "grande soirée" et sur les murs de la ville de grandes affiches annonçaient partout la sortie au cinéma de *58 minutes pour vivre* et je me sentais désespéré.

En même temps les quotidiens titraient en énorme à la devanture des kiosques sur la "Réunification de l'Allemagne" et le magazine *Best* titrait "The Cure : Reintegration" et le magazine *Guitare & Claviers* titrait "Remix*ouko*" et c'était comme si l'époque semblait prise d'une frénésie de recycler le passé pour mieux aller gaillardement de l'avant et solder ses comptes avant d'en ouvrir de nouveaux à l'approche du troisième millénaire et je me disais que son appel n'était pas tout à fait dû au hasard et qu'il participait de la marche de l'histoire, oui, il était en un certain sens historique au-delà de ce que j'imaginais et personne n'échappe à son environnement. C'était peut-être une explication. Car à travers le chaos de mes sentiments et sensations je cherchais à résoudre l'énigme que constituait pour moi son appel, oui, il s'agissait d'une énigme et même d'un défi à l'entendement et je ne comprenais pas, comment avait-elle pu oser, c'était inconcevable, désirait-elle ma

destruction totale et mon anéantissement ?
S'agissait-il d'un complot ? Mais trop d'eau
avait passé sous les ponts, comme on dit,
pour qu'elle cherchât à se venger après toutes
ces années et elle n'avait d'ailleurs selon moi
aucun motif de se venger et cela ne tenait pas
debout, il s'agissait d'autre chose, comme
tout le monde elle avait forcément accès aux
sentiments les plus élémentaires et je ne
savais plus où j'en étais et ma tête n'était
qu'une plaie et je me tordais le cou dans mes
sous-pulls pour tenter d'apercevoir ce qui
m'échappait car il devait fatalement y avoir
un sens à tout cela ou alors c'était la fin des
haricots, comme on dit, et la civilisation
n'était qu'un mensonge de plus et cela ne
valait même plus la peine de faire semblant
d'y croire dans les pays dits civilisés et je
m'approchais une fin d'après-midi tout au
bord du trottoir tandis que des voitures arri-
vaient en trombe sur le boulevard.

Mais il ne serait pas dit qu'après avoir surmonté sa disparition je ne pourrais surmonter
sa réapparition, je refusais d'abdiquer, absur-
dement, instinctivement je voulais comprendre et il ne me restait plus que ce
désir-là : comprendre – et ce désir était tout ce
qui me maintenait encore debout et humain.
Lorsque je réalisai tout à coup qu'elle m'avait
appelé un dimanche en fin d'après-midi et
qu'elle m'avait quitté un dimanche au beau

milieu de l'après-midi et ce ne pouvait être une coïncidence. Immédiatement je sus qu'il ne s'agissait pas d'une coïncidence. C'était impossible. Il s'agissait d'autre chose. C'était trop beau. Je n'en revenais pas. Oui, c'était ça, c'était vrai, c'était l'évidence même : en me téléphonant ce jour-là et à cette heure-là elle s'était arrangée pour reprendre le fil de notre histoire exactement à l'endroit où il avait été rompu et c'était comme si elle me disait que toutes ces années qui s'étaient écoulées depuis qu'elle m'avait quitté n'avaient duré qu'une poignée de secondes et cela changeait tout, le temps ne comptait plus soudain et il n'avait rien de définitif et sa disparition non plus et notre amour n'avait donc jamais cessé et il était immortel et tout le reste était fétu et cette histoire de soirée était un prétexte et même un leurre car si son intention avait seulement été de m'y inviter elle eût appelé un lundi matin ou un mercredi soir ou un vendredi midi mais certainement pas un dimanche en fin d'après-midi et certainement il se passe des choses miraculeuses entre les êtres qui se sont aimés et j'exultais intérieurement, tout frémissait en moi, et son appel qui m'était apparu la dernière des monstruosités prenait soudain sens et le premier et le plus bouleversant qui soit et il y a toujours un endroit par où la réalité nous sauve d'elle.

Nullement je n'élucubrais. Pas cette fois. Les apparences ne mentent pas, me disais-je, en elles-mêmes elles portent leur propre signification et il n'y a pas à chercher derrière elles ou ailleurs et je jubilais et les raisons de son appel m'apparaissaient de plus en plus claires et magnifiques et elles ne lui appartenaient pas. Car ce n'était pas elle qui avait fomenté d'appeler un dimanche en fin d'après-midi et de m'envoyer un tel message codé, personne n'était aussi tortueux et aussi inutilement tortueux, me disais-je, non, il fallait supposer autre chose, une force ou je ne savais quoi qui n'avait trouvé que ce moyen pour se manifester et me faire signe et qui, à son insu, l'avait incitée à décrocher son téléphone et à composer mon numéro à un moment choisi entre tous dont moi seul pouvais saisir la signification, oui, j'en étais persuadé et il ne pouvait en être autrement, pour une raison qui m'échappait mais qui tenait peut-être à la mort de Michel Leiris il s'était produit en elle un déclic et quelque chose avait saisi l'opportunité de devoir trouver un "invité mystère" pour me tendre secrètement la main et agiter un mouchoir comme une prisonnière depuis sa tour et me faire la plus absolue confiance pour percevoir l'appel dans son appel malgré tout ce qui s'y opposait. Comment expliquer qu'elle n'ait jamais fait le moindre signe pendant des années sans imaginer un sortilège qui lui permît de lever enfin la malédiction ? Comment expliquer qu'elle n'ait fait aucune allusion au passé lorsqu'elle avait appelé alors que n'importe qui dans la même situation l'eût fait comme la chose la plus naturelle au monde et c'était bien la preuve qu'elle n'était pas dans son état normal et qu'elle agissait sous l'emprise d'une puissance qui la débordait et se jouait d'elle et les psychanalystes parleraient sûrement d'inconscient ; mais je me disais que cette force était celle de notre amour lui-même qui, par-delà nos personnalités et tout ce qui nous séparait et l'entravait désormais, n'avait jamais cessé d'exister et vivait même sa vie propre et se passait de nous et de toute manière ce qui nous liait depuis le début n'avait jamais été d'une nature terrestre. Je songeais alors que certaines comètes reviennent cycliquement dans les parages de la Terre après s'être aventurées jusqu'aux confins de l'univers et j'en avais alors la certitude : notre amour revenait de même orbiter autour de nos deux existences après toutes ces années où il s'était trouvé rejeté dans un passé lointain et glacé et sans doute passerait-il au plus près de nous lors de cette soirée dont la date était prévue pour le samedi 13 octobre 1990 et la perfection de cette suite de multiples de trois m'apparut soudain un signe propice, quoique nettement plus aléatoire, et je n'invente rien car j'ai beaucoup trop d'imagination pour cela.

Si j'avais encore le moindre doute il était dissipé : j'irais à cette soirée, il ne pouvait plus en être autrement, semblable configuration ne se reproduirait sans doute plus d'ici des lustres et peut-être même jamais et il n'était pas question que je rate l'occasion de comprendre la teneur du message qu'elle m'avait fait passer en douce et je voulais une dernière fois étreindre notre amour et en éprouver le vertige au-delà d'elle et de moi. En même temps je me traitais d'imbécile et de fou et encore d'imbécile et tout ricanait en moi et je n'étais qu'un Quichotte de pacotille qui cherchait les ennuis et allait les trouver. Qu'imaginais-je donc ? L'énergie du désespoir existait et moi seul créais ce monde dans lequel je tenais un rôle de premier plan et j'allais voir ce qu'il en était réellement, cette soirée serait le tombeau de toutes mes illusions et j'allais m'y faire déchiqueter et jamais je ne m'en remettrais et ne voyais-je pas qu'il s'agissait d'un piège et qu'elle se moquait de moi, oui, le monde entier allait m'éclater de rire au nez et je n'étais rien et ne comptais pour personne et m'attendaient uniquement désastre et humiliation et amertume encore plus grande aussi sûrement que ce général Aoun assiégé à Beyrouth n'en avait plus pour longtemps à fanfaronner du haut de ruines indubitables ; mais je me bouchais les oreilles et refusais d'entendre mes propres protestations où se reconnaissaient les voix angoissées de ma mère et de mon père et de mes grands-parents et de mes arrière-grands-parents et de tous mes aïeux et de tous ceux qui étaient nés et avaient vécu depuis la Bible et ils avaient beau me répéter que j'étais prévenu et qu'il ne me faudrait pas compter sur eux lorsque je ne serais plus qu'une ombre errant en moi-même je n'en démordais pas : j'avais rendez-vous, si je ne savais avec quoi au juste j'avais rendez-vous et cela seul comptait et rien ne pouvait plus me faire changer d'avis ni me détourner car enfin approchait le moment où se trouverait élucidé ce grand mystère que restait pour moi son départ : depuis toujours je soupçonnais qu'il tenait à quelque chose qui m'échappait car on ne quitte pas quelqu'un du jour au lendemain après l'avoir aimé sans une raison très particulière et finalement très spéciale et même la femme la plus malheureuse dit au moins au revoir avant de s'en aller et il y avait autre chose et il fallait que je sache quoi et moi-même serais alors élucidé et cesserait la fatalité des sous-pulls à col roulé.

Cette certitude ne m'empêchait pas d'être fébrile et inquiet et dans un état d'écœurement absolu et de rage et d'impuissance à la perspective de me rendre à cette soirée où j'allais jouer les rôles de curiosité sentimentale et de singe empaillé et de nain prêt à être lancé le plus loin possible pour battre un record dont la nature m'échappait et à Flint, Michigan,

Etats-Unis, les responsables locaux de la firme
General Motors n'avaient-ils pas organisé une
grande soirée pour réconforter la population
licenciée après la "délocalisation" de ses
usines et dans le parc de l'immense propriété
située sur les hauteurs de la ville des chômeurs
étaient payés pour jouer les statues vivantes et
garder la pose tandis que circulaient des
hommes en smoking fumant le cigare et des
femmes en robe du soir buvant des coupes de
champagne californien. Je songeais alors à
Baudelaire taillant les Belges en pièces et à
Rimbaud insultant les littérateurs de son
temps et à Thomas Bernhard et à Artaud et à
Alfieri et à Paul envoyant ses épîtres et heureusement qu'ils avaient existé, tout à coup je
me sentais moins seul et gonflé de leurs
exemples comme si leur refus d'être avili et
dépossédé de soi et dénaturé était aussi le
mien et à mon tour j'allais arracher le masque
de mon époque et de ses représentants les
plus en vue, oui, je voulais moi aussi bondir
hors du rang des assassins et de leurs com-
plices en divertissements et n'étais-je pas "l'invité mystère" et ils ne soupçonnaient pas
jusqu'à quel point j'allais le devenir pour eux.
Car j'avais trente ans et l'heure était venue de
proclamer ma présence sur Terre et, non, elle
n'était ni vaine ni insipide et au moment où
les circonstances m'étaient le moins propices
c'était justement l'instant de les retourner en
ma faveur, me disais-je, personne ne s'y

ÉDITIONS ALLIA

16, RUE CHARLEMAGNE

F - 75004 PARIS

NOM : ....

PRÉNOM : ....

ADRESSE : ....

....

DÉSIRE RECEVOIR LE CATALOGUE DES ÉDITIONS ALLIA

attendrait et comme un diable surgissant de leur boîte j'allais saisir l'occasion qu'ils m'offraient de leur montrer qu'ils avaient tellement baissé les bras qu'ils marchaient désormais sur les mains.

Dire que j'avais peur est un euphémisme. A mesure qu'approchaient le jour et l'heure de me rendre à cette soirée et de me rendre tout court, sardonisais-je en moi-même, il me semblait que je courais inutilement à ma perte et je sentais mes forces faillir et ma détermination vaciller et la certitude que j'allais dévoiler "l'image dans le tapis" se diluer dans l'incertain ; la tâche qui m'attendait n'était-elle pas démesurée et n'étais-je pas tout seul pour la réaliser ? Au moins Ulysse avait-il eu à ses côtés son fils et le porcher Eumée et le bouvier je ne savais plus quoi et une vieille servante et surtout Athéna pour triompher des prétendants et retrouver enfin Pénélope ; moi j'étais sans compagnons ni alliés dans la place et le contraire du manque de courage n'est pas la lâcheté mais le découragement, du moins en langue française. Ainsi me rongeais-je les nerfs nuit et jour et ce à quoi ils sont reliés et sans fin oscillais-je et endossais-je durant ces quelques jours hallucinés tous les habits de lumière que j'avais en tête avant d'enfiler lugubrement celui d'invité mystère et de m'en affubler comme d'une armure grotesque et de m'en barbouiller

le nom et en attendant que la réalité ne livre
son verdict je songeais, dans des instants
d'accalmie nerveuse et de tendresse retrouvée, qu'Alceste tend finalement la main à
Célimène lorsqu'elle se trouve déchue à la
fin du Ve acte ; mais tout de suite après je
me rappelais que c'était de l'argent que ten-
dait Humbert Humbert à sa Lolita devenue
le lamentable sosie de sa propre mère et
finalement le Consul mourait d'une mort
minable au pied de son volcan après avoir
retrouvé son Yvonne et quelles sortes de
retrouvailles m'attendaient qui n'avaient
encore jamais été écrites ? Quelles révéla-
tions et cruautés et déchéances ?

Puis l'euphorie cessait et de nouveau je me
griffais et tout haut protestais que, non, je ne
jouerais pas un tel rôle, jamais, pour qui se
prenaient-ils et pour qui me prenaient-ils ?
J'avais un nom et elle ne pouvait me l'ôter en
plus du reste et, oui, il fallait que je me pro-
tège un peu, il y avait des limites à ce qu'un
homme peut s'infliger et je ne pouvais tout le
temps être la proie des autres et de leurs désirs
et de leurs obscures machinations et j'allais
leur montrer qui j'étais, ils verraient, le monde
verrait, ça oui, et d'abord je n'allais pas arriver
les mains vides. Car il s'agissait d'un anniversaire, je ne l'oubliais pas, et des heures durant
je me torturais pour trouver ce que pouvait
bien offrir un "invité mystère" à quelqu'un

qu'il ne connaissait pas et, qui plus est, était
une "artiste contemporaine" et une "artiste
contemporaine connue" à ce qu'il paraissait et
cela aggravait mon exaspération et mon res-
sentiment et m'obligeait à mettre la barre
encore plus haut, comme on dit. Mais je ne
trouvais aucune idée de cadeau et je me tirais
les cheveux en faisant mille fois les cent pas
dans ma chambre et je n'avais pas d'argent, ce
qui s'appelle ne pas avoir d'argent, au point
que je portais aux pieds des chaussures ache-
tées d'occasion aux puces de Clignancourt ;
mais il s'agissait bien d'argent et de chaussures
quand une telle mise en scène dénaturait l'idée
même de cadeau et du lien qu'il tisse entre
deux individus par-delà l'objet offert, grinçais-
je en moi-même ; à moins qu'il ne s'agisse de
trouver le cadeau le plus absolu qui soit, me
disais-je, le cadeau capable de symboliser le
don lui-même au-delà justement de tout desti-
nataire et de celui qui l'apporte, oui, peut-être
cette fameuse Sophie avait-elle en tête que
"l'invité mystère" se hisse jusqu'à la perception
la plus haute de l'offrande et était-ce l'intention qu'elle visait et j'allais dans les rues et j'ar-
pentais les avenues et léchais toutes les
vitrines, comme on dit ; mais partout je ne
voyais que marchandises et marchandises et
rien n'ayant de valeur autre que celle que la
société attribuait en série, j'avais beau chercher
nulle part n'apercevais-je d'objet qui me don-
nât la sensation d'incarner autre chose qu'un

profit et un gain et dans toutes les directions
s'étalaient des produits n'exprimant en définitive qu'une idée dégradée et même contraire
et pour tout dire hostile à celle du don et je ne
voulais pas arriver à cette soirée en apportant
un présent ne faisant illusion que le temps
d'ôter le papier brillant et le bolduc. Et je comprenais tout à coup pourquoi l'on emballe toujours les cadeaux dans nos sociétés : non pour
ménager l'effet de surprise mais pour dissimuler qu'il s'agit d'un mensonge et cette certitude
nous traverse immanquablement l'esprit
lorsque nous recevons un cadeau, oui, nous
l'ouvrons et l'espace d'une fraction de seconde
nous pressentons la supercherie et sommes
effleurés par le dégoût et la tristesse et nous
nous dépêchons de sourire et de remercier
pour mieux enfouir au plus profond de notre
être le dépit que jamais ne nous soit offert
quelque chose d'inespéré dans l'existence et
cette joie toujours déçue nous demeure à
nous-mêmes incompréhensible.

Un instant je songeai offrir un livre de
Michel Leiris. Ce serait toujours mieux que
des fleurs ou des bonbons, me disais-je, oui,
pour décevante et sans envergure qu'apparaissait cette solution elle semblait encore la
moins pire et tous nos choix ne s'effectuent-
ils pas depuis longtemps "par défaut" et
"faute de mieux" et selon une logique du
moindre mal comme si rien n'était plus

désormais en mesure d'emporter notre adhé-
sion pleine et entière et joyeuse et jusqu'à
quand faudra-t-il supporter que nos désirs
s'expriment à l'économie ? Lorsque je tom-
bai en arrêt dans la rue : du vin ! Mais oui,
comment n'y avais-je pas songé plus tôt, rien
ne pouvait être plus adéquat, j'avais trouvé,
inutile de chercher plus longtemps, j'allais
offrir du vin, une très grande bouteille de vin
et la plus vieille et la plus chère que je pourrais trouver et cette idée m'apparut aussitôt
prodigieuse comme si, venant du plus profond de moi et de ma propre antiquité, elle
rameutait toutes mes forces et tous mes
désirs jusqu'à devenir immense et glorieuse
et c'était une émotion trop vaste pour que je
la contienne et je me mis à rire tout haut
dans la rue, oui, s'ils voulaient mon sang,
tonnais-je en moi-même, j'allais le leur servir
en millésime et en très grand millésime
encore et ils le boiraient en souvenir de moi
et le Christ n'avait-il pas été lui aussi un
impeccable "invité mystère" ? Plus j'y réflé-
chissais et plus cette idée me transportait et
m'enivrait et résumait à elle seule tout ce que
je pouvais pour une fois imaginer de mieux
et je trouvai chez un caviste du quartier
Saint-Lazare un Margaux 1964, je m'en sou-
viens très bien, c'était la bouteille la plus
prestigieuse de la boutique et elle était très
au-dessus de mes moyens et j'exultais et tré-
pignais devant le vendeur qui me regardait

d'un air soupçonneux et même avec une sorte d'inquiétude, oui, je voulais tout sacrifier et leur faire honte en m'offrant en holocauste et on verrait s'ils étaient à la hauteur et s'ils avaient quelque chose à offrir qui soit au-delà de leurs moyens, enfin j'étais potlatch et pour une fois j'échappais à la mesquinerie sociale et on saurait qui sacrifierait le plus à son désir et la bouteille coûtait bien plus que le prix de mon loyer et cela ne comptait pas, au contraire, le vin était tiré, comme on dit, les dés jetés, comme on dit, et mon loyer pouvait attendre et il attendit effectivement. Lorsque je sortis du magasin je tenais ma bouteille emballée dans du papier de soie comme un talisman et la ville semblait avoir changé de visage et être devenue une farce joyeuse et je me sentais de taille à traverser hors des clous et à stopper les voitures d'un regard et à rivaliser avec les pare-chocs et les carrosseries et il n'était plus question que la détresse et l'indigence du monde me transforme moi-même en indigence et détresse, non, plus jamais ma propre opulence ne m'obligerait à mendier, récitais-je en moi-même, car il me semblait à cet instant que j'avais gagné le droit de citer Hölderlin et ce n'est pas tous les jours.

Que d'événements depuis qu'elle avait téléphoné ! Moi qui me sentais désœuvré j'avais désormais une mission et je n'étais

plus seul mais peuplé et habité et il fallait y
aller, l'heure était venue, et au diable la
dépense, me dis-je tout en commandant un
taxi pour me rendre à la soirée comme s'il
s'agissait d'une dernière cigarette que je
m'accordais exceptionnellement. Rencogné
contre la vitre de la portière arrière, la bouteille de Margaux 1964 posée sur mes genoux
et mes mains ne la lâchant pas et même la
couvant, je regardais à travers la vitre défiler
les lumières et les ombres et je me rappelais
que tout avait commencé avec la mort de
Michel Leiris et, depuis lors, j'avais entendu
aux informations, comme on dit, que des
centaines de milliers d'Allemands s'étaient
réunifiés et avaient chanté l'*Hymne à la joie*
devant le Reichstag et des émeutes avaient
éclaté à Vaulx-en-Velin et au Rwanda des
rebelles avaient envahi le Nord du pays et
une anthropologue affirmé que les relations
entre babouins étaient fondées sur l'amitié et
la tapisserie de Bayeux ne datait sûrement
pas du XIᵉ siècle car faire cuire des brochettes
n'était apparu qu'au XVIIIᵉ siècle et sur l'es-
planade des mosquées de Jérusalem une tue-
rie avait fait vingt morts tandis que trois
alpinistes triomphaient de l'Everest et j'avais
noté tous ces événements dans un petit car-
net pour m'en souvenir plus tard car toute la
semaine la certitude ne m'avait pas quitté
que je participais moi-même de l'actualité du
monde et que j'étais lié de manière infime et

invisible à tout ce qui avait lieu partout et
dans le taxi je fermais les yeux et me concen-
trais et tentais mentalement de reconstituer
la chaîne dont j'étais l'un des maillons ; mais
tout ce dont je parvenais à me souvenir,
c'était que des émeutiers avaient fait cuire
des brochettes à Jérusalem en compagnie de
babouins chantant l'*Hymne à la joie* ou
quelque chose comme ça, oui, j'avais beau
faire des efforts, les nouvelles qui depuis une
semaine étaient tombées, comme on dit,
n'aboutissaient en définitive qu'à une suite
de mots interchangeables et rien d'autre ne
subsistait que leur accumulation et au bout
du compte la réalité semblait n'être qu'une
fiction absurde et effrayante d'absurdité et
tout n'était-il pas présenté de manière à ce
qu'elle le fût ? Lorsque je me rappelai soudain que la sonde Ulysse s'était envolée la
veille ou l'avant-veille vers le Soleil et, si
j'avais bien compris, pour la première fois un
objet fabriqué par l'homme allait sortir du
plan de l'écliptique et s'affranchir de l'attrac-
tion de toutes les planètes et quitter notre
système et ce n'était pas rien et maintenant
que j'y songeais je priais même pour que
cette petite sonde atteigne son but sans
encombres, oui, enfin un événement semblait
à l'unisson de ce que je vivais, enfin une
information me faisait signe et m'encoura-
geait au lieu de m'anéantir et me terroriser et
m'enseigner le dégoût et l'impuissance et je

me sentis tout à coup apaisé et certain de moi-même et comme nourri de tous les efforts des cerveaux les plus imaginatifs de la planète et dans l'ombre je me mis à sourire en regardant la bouteille de Margaux et je m'assurai qu'elle n'était pas trop secouée sur mes genoux ; lorsque le chauffeur de taxi voulut me prendre à témoin qu'il faisait anormalement froid pour un début octobre et le temps ne ressemblait plus à rien et je ne tenais pas à engager la moindre conversation mais il en avait décidé autrement, il était en veine de confidences et il me raconta que sa femme l'avait quitté deux ans auparavant et qu'il avait maigri de 17 kilos, il n'en revenait pas lui-même, 17 kilos, il en rigolait tout seul d'effarement comme s'il avait accompli un exploit formidable et je lui dis que c'était peut-être que sa femme pesait 17 kilos pour lui et il me regarda dans son rétroviseur, jamais il n'avait envisagé la chose sous cet angle ni songé que l'amour pouvait non seulement être un poids, mais aussi en avoir un et je lui révélai que moi-même portais désormais des sous-pulls à col roulé et nous étions donc quittes ; mais il eut l'air de trouver mon cas dérisoire comparé au sien et il se mit à hocher la tête sans plus parler et il haussa le volume de la radio au moment où une voix annonçait le dernier enregistrement public de "l'immense Barbara" et pendant un temps interminable il me fut impossible de penser à autre chose que l'aigle noir était revenu et qu'il avait surgi de nulle part et chacun son invité mystère et la course faisait presque cent francs de l'époque.

LE MONDE, 7-8 OCTOBRE 1990

CE ne fut pas elle qui ouvrit la porte. Elle ne m'apparut pas comme au premier jour sculptée dans la lumière qui venait de la fête et nous ne restâmes pas à nous contempler en silence, trop émus pour dire quoi que ce soit tandis que nos regards s'abreuvaient à ce qui leur avait manqué si longtemps et que l'enchantement ressuscitait et se renouaient les fils et qu'un même sourire se mettait alors à passer de ses lèvres aux miennes et c'était comme un baiser qui n'avait jamais cessé entre nous. En réalité personne ne vint ouvrir. L'endroit où m'avait déposé le taxi était lugubre, situé le long d'une voie ferrée bordée d'immenses panneaux en béton manifestement destinés à amortir le vacarme des trains et la seule présence humaine était celle de réverbères qui éclairaient un carrefour désert et dans le froid luisaient uniquement d'incertains et maussades halos. Un temps fou je demeurai à taper du pied sur le trottoir, glacé et indécis devant une petite porte nue et métallique qui semblait découpée dans celle plus vaste d'un garage ou d'une ancienne usine et nul indice ne permettait de deviner ce qui se passait derrière l'acier ni ce qui m'attendait une fois que j'en aurais franchi le seuil et j'avais envie de tourner les talons, comme on dit, et de m'en aller vers une vie meilleure

et moins ardue, je n'avais rien à faire dans
cette banlieue, me disais-je, tout ceci n'avait
définitivement aucun sens et même l'interphone était inhospitalier et il me fallut plusieurs minutes pour comprendre qu'il fallait
faire défiler une liste de noms pour afficher
sur un petit écran verdâtre celui de Sophie
Calle. Finalement rien ne se passait comme je
l'avais imaginé. Non que je me fusse formé
une idée précise de ce qui m'attendait en
venant ici mais en tous les cas il ne faisait pas
anormalement froid pour la saison et mes
doigts n'étaient pas gourds à force de serrer la
bouteille de Margaux et peu importaient les
interphones et les réverbères, oui, dans mon
esprit j'arrivais à la soirée et voilà tout, immédiatement j'étais dans le vif du sujet, comme
on dit, nulle contingence ne m'embarrassait,
aucune aspérité ; mais ce n'était pas la tour-
nure que prenaient les événements, au
contraire, et je me sentis tout à coup dégrisé
de toutes les idées et fusées et feux de Bengale
qui avaient surgi en moi depuis une quinzaine
de jours, comme si la pesanteur des choses
venait de me reprendre en main et que leur
platitude cherchait de nouveau à m'avilir et
sans doute la sonde Ulysse connaissait-elle à
cet instant précis un problème. Mais reculer
maintenant n'avait guère plus de sens et il
n'était de toute façon plus l'heure de tergiver-
ser ni de délibérer s'il y a plus de mérite à
renoncer ou à persévérer jusqu'au bout, je

connaîtrais la réponse bien assez tôt, ironisais-
je tout haut, et je pris mon courage à deux
mains, comme on dit, et je respirai un grand
coup et d'un geste solennel qui me fit moi-
même sourire je pressai la touche de l'interphone ; mais rien ne se produisit, nulle
sonnette ne retentit, mon geste ne rencontra
aucun écho et c'était comme s'il n'avait rien
déclenché et n'avait même jamais eu lieu et
que moi-même n'existais tout simplement pas
et pendant une fraction de seconde tout se mit
à vaciller devant mes yeux et à sombrer, oui,
comment le silence pouvait-il continuer de
régner alors que tout en moi clamait que je
venais d'accomplir un geste tonitruant, il
devait y avoir une erreur, la réalité ne pouvait à
ce point faire le grand écart avec ce que je ressentais ni le monde pousser la perversion jusqu'à rendre incertain même le simple fait de
sonner à une porte, il ne pouvait être aussi
démoniaque, et j'appuyai de nouveau sur l'interphone en espérant follement que quelque
chose retentissait quelque part et que quelqu'un allait l'entendre et la pensée me traversa
qu'un siècle auparavant personne n'aurait imaginé qu'un être humain en serait un jour réduit
à une si mirobolante espérance ; mais de nouveau rien ne se manifesta, tout demeurait
inerte et je me mis à compter les secondes sans
m'apercevoir qu'il s'agissait des battements de
mon cœur qui s'emballait tandis que mes yeux
s'attardaient sur la peinture blanche s'écaillant

autour de l'interphone et un bref instant je
m'abîmai dans la contemplation des formes
qui naissaient de cette dégradation, y reconnaissant un corps de femme avec un chapeau
ou peut-être un visage de profil et finalement
cela ressemblait plutôt à des nuages lorsque le
mécanisme de la porte se déclencha soudain
avec un bruit mat et électrique et l'instant
d'après, guidé par des éclats de voix qui
allaient en se précisant, je traversai un petit jardin potager menant à ce qui semblait une
ancienne usine aménagée en atelier d'artiste et
sur toute la façade une baie vitrée dévoilait que
la soirée battait déjà son plein, comme on dit,
et à travers les vitres je reconnus de loin sa silhouette et la vis le premier.

Aucun doute, c'était bien elle en compagnie
de deux hommes et l'un d'eux s'esclaffait et
elle aussi se mit à rire et sa main dissimulait sa
bouche comme je le lui avais toujours vu faire
lorsqu'elle riait, cela me revenait, et ses cheveux étaient aussi blonds que dans mon souvenir mais plus courts à présent, ou coiffés
différemment, je ne savais plus, et si je m'attendais à éprouver quelque chose de formidable il n'en fut rien ou, en tous les cas, je n'y
eus pas accès, nullement la terre ne trembla et
c'était même déconcertant à quel point sa présence me parut immédiatement familière et en
même temps incongrue et je poussai la porte-
fenêtre en faisant attention de ne pas cogner la

bouteille de Margaux ; en me voyant surgir du
froid une femme se retourna et me sourit et je
lui souris à mon tour sans omettre ses petits
seins et à partir de cet instant tout se déroula
comme si un autre agissait à ma place, oui, je
sentis nettement qu'en entrant dans la pièce
j'étais en même temps entré dans un personnage qui une seconde auparavant n'était pas là
et maintenant prenait le relais et me compo-
sait un visage pour me protéger et me
défendre des regards et m'empêcher d'apparaître ridicule et, d'un autre côté, pour m'in-
terdire de faire un scandale et de commettre le
moindre crime ou seulement un écart, oui,
malgré moi une métamorphose avait eu lieu
en ma faveur et ma défaveur et c'était comme
si je n'avais de vie intérieure que par intermit-
tence et il n'y avait rien à faire et je maudis
mon sens des convenances et me jurai que je
ne perdais rien pour attendre, oui, à la
moindre provocation je lèverais l'interdit et
ferais éclater la mascarade, les jeux n'étaient
pas faits, comme on dit, tandis que j'ôtais mon
manteau de l'air de celui qui sait ôter son
manteau en toutes circonstances et que je le
roulais en boule et le déposais à côté d'un
magnifique bouquet de roses blanches et
rouges qui s'épanouissaient dans un vase posé
à même le sol et ce bouquet prenait une place
folle, me fis-je la réflexion, peut-être pas
autant que *L'Odyssée* dans ma vie mais
presque, et malgré moi je me mis à compter

les roses comme s'il était de la plus extrême importance à cet instant que je sache leur nombre et qu'au moins quelque chose ne me demeure pas inconnu dans la situation où j'étais, oui, bien souvent il suffit de savoir *quelque chose* pour croire que l'on *sait* quelque chose et se sentir apaisé et finalement il y avait trente-sept roses et ce devait être le nombre de bougies qui seraient plus tard soufflées et à la perspective de voir un gâteau arriver et des gens chanter "Joyeux anniversaire" je me sentis vaincu d'avance.

Personne ne faisait attention à moi et tout se passait en définitive comme dans la réalité : de manière énigmatique sans que cela se voie ni se sache et j'allumai une cigarette pour occuper bien plus que mes mains et mes poumons tandis que l'air de ne pas y toucher, comme on dit, je me mêlais à la soirée et j'étais certain que tout le monde remarquait déjà mon sous-pull à col roulé et sans croiser le moindre regard j'avançai droit devant moi et me frayai un chemin comme si je savais exactement où j'allais et que m'y rendre ne me posait aucun problème et je ne me trompai pas car sous un grand escalier en fer qui montait à l'étage je trouvai une place d'où je pouvais tout observer sans me faire remarquer ni que personne ne surgisse dans mon dos et il me sembla à cet instant que j'avais fait le plus difficile et alors seulement j'osai lever les yeux et regarder autour de moi.

La pièce était immense et au beau milieu
une table n'en finissait pas de reculer les murs
et de dresser des couverts sur des kilomètres
et une nappe blanche constituée de plusieurs
draps éblouissait comme la traîne d'une
mariée sous la lumière crue de projecteurs
installés en hauteur et tout autour des chaises
et des tabourets étaient disposés et au pied de
l'escalier un chat empaillé prenait son élan
sans jamais retomber sur ses pattes et plus
loin c'était un flamant rose qui se tenait sur
une jambe et l'atmosphère était joyeuse et fes-
tive, partout des hommes et des femmes dis-
cutaient et conversaient et s'animaient et
certains allaient et d'autres venaient et beaucoup étaient vêtus de sombre et fumaient et
quelques-uns étaient assis et accoudés à la
table et des mains piochaient dans des sou-
coupes des petits gâteaux apéritifs ou des ron-
delles de saucisson et la plupart tenaient une
coupe de champagne à la main et une femme
voulait absolument mettre de la musique
espagnole tandis que dans un coin un type
coiffé d'un panama blanc semblait maussade
et il s'agissait d'une soirée, il n'y avait aucun
doute, il s'agissait d'une soirée semblable à
n'importe quelle soirée réussie et c'était ras-
surant en un sens et j'avais pourtant envie de
hurler tout en distribuant à la cantonade des
sourires parfaitement imités. Lorsqu'une
femme glissa et faillit tomber en apportant un
grand plat sur la table et cela provoqua un

petit épisode burlesque qui attira l'attention,
des visages se tournèrent et c'est alors qu'elle
me vit, son regard traversa l'espace pour se
poser sur moi et elle interrompit l'homme qui
tout à l'heure s'était esclaffé, elle posa la main
sur son bras et lui dit brièvement quelque
chose et l'homme leva aussitôt la tête dans
ma direction tandis qu'elle s'éloignait et
venait vers moi et le regard de l'homme dans
son dos m'empêcha d'apprécier cet instant
que je m'étais promis comme une récom-
pense, oui, il gâchait tout mais finalement pas
plus que le reste et je demeurai parfaitement
immobile et souriant et ne laissai rien trans-
paraître tout en l'observant approcher et elle
était très belle, j'avais oublié combien elle
était belle et en même temps je ne me rappelais pas qu'elle eût tout à fait ce genre de
beauté ni d'ailleurs jamais porté cette robe
qui découvrait ses épaules et la rendait immédiatement désirable et pour ainsi dire sexuelle
au point que sur son passage les hommes et
les femmes ne pouvaient s'empêcher de l'ef-
fleurer du regard et pendant une fraction de
seconde mille émotions et sensations me sub-
mergèrent et toutes cherchaient à deviner si
elle avait choisi cette robe pour me plaire et
me ravir et me mettre au supplice, comme on
dit, ou pour me faire comprendre qu'elle
appartenait désormais à un autre monde et
aux désirs d'un autre homme et les deux
étaient possibles et peut-être même ne cher-

chait-elle qu'à exercer un pouvoir de séduc-
tion sur tous et personne en particulier, oui,
comme tout le monde je savais qu'une femme
ne s'habille jamais au hasard, et encore moins
en de pareilles circonstances, mais les inten-
tions que dissimulait sa tenue se perdaient
dans les plis de sa robe et tout s'entrecho-
quait en moi et j'avais l'impression de ne plus
tenir moi-même que par magie sans la
moindre bretelle apparente et j'avais la sensation d'un piège lorsqu'elle surgit soudain
devant moi et le plus naturellement du
monde se pencha pour m'embrasser sur la
joue et il ne manquait plus que cela. Car cette
familiarité m'apparut immédiatement dépla-
cée et même obscène et un contresens absolu
comme s'il était possible et même seulement
concevable que notre histoire dégénère en je
ne savais quelle amitié ou camaraderie et il
n'en était pas question, à d'autres ces mièvre-
ries et ces fades décrépitudes, ou alors aimer
n'avait aucun sens et notre histoire n'avait
jamais eu lieu et elle-même n'existait pas et je
pouvais sur l'instant déchirer son visage et
l'arracher de son cou et le piétiner sans
qu'elle trouve à y redire, non, il n'était pas
tolérable que ce qui nous avait liés et nous
liait encore malgré tout moisisse en petits
sentiments raisonnables et déchus, il s'agissait
de bien autre chose entre nous et nous méri-
tions mieux et elle ne pouvait l'ignorer et
depuis toujours notre histoire était tout sauf

inoffensive et ce qui avait été si beau autrefois ne pouvait que finir en beauté, comme on dit, sinon pourquoi Michel Leiris serait-il mort et à quoi bon m'avoir invité à cette soirée ? Mais peut-être ne cherchait-elle qu'à retrouver subrepticement mon odeur après toutes ces années et désirait-elle un bref instant ressusciter le contact de sa peau contre la mienne sans que personne ne puisse le lui reprocher, oui, finalement tout n'était peut-être pas si désespérant dans son attitude et de toute manière il était trop tard, je lui avais déjà rendu son baiser sur la joue en fermant les yeux et en crispant les poings et en luttant contre le désir de chercher ses lèvres et de les trouver et de les ouvrir et de sentir sa langue et de m'y noyer comme jadis et pour abréger au plus vite cette mascarade je lui tendis prestement la bouteille de vin en disant "De la part de l'invité mystère" et je lui souriais comme je ne souhaite à personne de sourire de cette manière dans toute son existence.

Je ne garde aucun souvenir des propos que nous échangeâmes alors, pas le moindre, car je n'écoutais à cet instant que son visage et je n'en revenais pas de ce qu'il avait à me dire, oui, tout était écrit dans ses joues qu'elle avait perdues et qui avaient fondu et s'étaient enfuies et c'était comme si toute enfance l'avait quittée et à la place il y avait quelque chose de brûlé en elle et même de consumé, il n'y avait pas d'autre mot, et c'était presque insoutenable au point que j'avais du mal à la regarder en face et malgré moi je me sentais désolé et au bord des larmes et je réalisai soudain tout ce qu'elle avait dû traverser de son côté et endurer et je détournai le visage pour qu'elle ne puisse lire dans mes yeux une tristesse qui était plus que la nôtre et je songeai qu'elle aussi devait avoir remarqué certaines choses à mon sujet et les gardait pour soi et ce ne devait pas être non plus joli à voir et se pouvait-il que chaque seconde de cette soirée soit une épreuve et un affront et un calvaire me désabusant sans fin ? Car elle s'était saisie de la bouteille de Margaux et l'avait empoignée par le goulot et je m'en voulais de me laisser accaparer par ce détail mais elle la maniait et la secouait et même l'agitait tandis qu'elle parlait et quelque chose en moi gémissait et s'offusquait de la voir faire, oui, que n'aurais-je donné à cet instant pour qu'une intuition l'avertisse qu'elle tenait entre les mains bien plus qu'une bouteille de vin et un très grand cru, mais emballé dans du papier de soie quelque chose comme mon âme et, en tout cas, le meilleur que je pouvais offrir et finalement la preuve de ce qui s'était mystérieusement invité dans nos existences pour en changer le cours ; mais non, elle manipulait la bouteille sans ménagement ni égards et j'avais l'impression que c'était moi qu'elle balançait de nouveau dans les airs sans un mot ni une

explication et rien n'avait finalement jamais
été possible entre nous et rien ne l'était
d'ailleurs entre les hommes et les femmes et
je ne voulais plus rien savoir ni penser, j'avais
mon compte tout à coup, dès le premier
round cette soirée m'envoyait au tapis,
comme on dit, et je sentis alors nettement
quelque chose se détacher de moi et s'envo-
ler à travers la pièce et disparaître par la baie
vitrée et de longues secondes je ne pus faire
autre chose que laisser errer mon regard sur
les gens qui évoluaient et s'agitaient autour
de nous, m'attardant sur la coiffure défaite
d'une femme, la flamme d'un briquet qui
s'allumait, un toast entamé dans une assiette
et sous sa chaise le chat empaillé bondissait
toujours vainement et l'homme au panama
avait changé de place et finalement je la
regardais de nouveau et elle me parlait à travers une sorte de brouillard et ses épaules
étaient nues et ses petits seins pointaient sous
sa robe et je n'avais rien à faire ici, jamais je
n'aurais dû venir et toute ma vie allait
demeurer un affreux lipogramme d'elle.

Peut-être n'avions-nous rien de plus à nous
dire que nos yeux n'aient déjà compris et tous
deux nous taisions à présent sans parvenir à
trouver les mots capables de remonter le
temps et l'espace lorsqu'elle interpella soudain
une femme qui passait à côté de nous et d'un
ton enjoué et triomphal lui annonça "Sophie,

je te présente ton invité mystère". Aussitôt la
femme leva la tête vers moi et ses yeux étaient
francs et rieurs et une mèche collait à son
front et elle semblait excitée comme une petite
fille et ne plus savoir où donner de la tête et
rien ne pouvait m'apparaître à cet instant plus
inaccessible et étranger et finalement intolérable que cet enthousiasme et cette euphorie,
c'était au-dessus de mes forces, et d'emblée je
me mis à la fixer d'un air que j'espérais her-
métique et imperméable car nullement je
n'avais l'intention de jouer les invités mystère
de bonne composition, oui, depuis le début je
m'étais promis de sauvegarder mes propres
apparences et de ne rien céder à un amusement qui, de mon point de vue et dans mon
état, n'avait aucune chance de me faire rire,
comme si ce que l'on appelle la société ne
cherchait déjà pas sans cesse et tout le temps
et par tous les moyens et même les plus diver-
tissants à ôter toute personnalité et j'étais ainsi
fermement décidé à ne pas m'en laisser compter devant elle ni à bouger le plus petit doigt,
comme on dit ; en même temps je me sentais
à cet instant bovin et gros et stupide et écar-
late et pour ne pas rester muet et dire malgré
tout quelque chose d'impérissable je lui sou-
haitai un "joyeux anniversaire !" et elle me
remercia tout en recevant dans ses bras la
bouteille de Margaux 1964 et j'espérais qu'elle
allait ôter sur-le-champ le papier de soie et
révéler au monde mon exploit et s'extasier de

mon présent ; mais au lieu de cela elle se mit à
faire de grands gestes pour saluer de loin quelqu'un qui venait sans doute d'arriver avant de
se tourner de nouveau vers moi et me contempler et d'une voix enjouée me demander qui
j'étais et à cet instant elle était peut-être réellement curieuse de le savoir car elle me scrutait
avec attention comme si quelque chose s'était
mis en alerte et à l'affût en elle et à toute
vitesse je cherchai quoi répondre et rien ne me
venait d'éblouissant, je me sentais de plus en
plus ridicule et même coupable et incompré-
hensiblement fautif et finalement je lui rétor-
quai d'un ton sec et pincé que j'étais
actuellement expert en cruautés de l'existence
et mon regard la défiait et tentait de la défier
et je me moquais en définitive d'avoir l'air
idiot. Nullement elle ne parut déroutée ou
contrariée par mon attitude, au contraire, elle
continuait de me dévisager et de sourire et
quelque chose de doux plissait ses paupières
et j'avais plutôt l'impression de l'amuser et de
l'intriguer et sans l'avoir cherché nos yeux se
rencontrèrent et pendant une fraction de
seconde quelque chose s'alluma entre nous
qui aussitôt s'éteignit et elle allait dire une
phrase lorsqu'un bras la saisit et une femme
au rouge à lèvres sanglant lui cria presque
dans les oreilles qu'on avait besoin d'elle de
toute urgence en cuisine, une catastrophe était
arrivée avec les huîtres ou je ne savais quoi, et
elle prit un air désolé et me lança un regard

qui voulait dire plein de choses et rien à la fois
tandis qu'elle se laissait entraîner vers la cuisine et je réalisai tout à coup qu'elle disparais-
sait avec la bouteille de Margaux et je faillis
presque hurler et me précipiter, c'était ma
bouteille, il n'était pas question que quelqu'un
l'ouvre et la boive sans mon consentement, ça
non ! A côté de moi, celle à qui je voulais tout
prouver et démontrer ce soir-là était demeurée
immobile et je lui dis d'une voix fébrile que
j'avais apporté un grand cru et que j'espérais
bien que nous pourrions trinquer ensemble,
c'est cela, trinquer, et même "à nos amours"
comme on dit, et c'est alors qu'elle m'apprit
que son amie n'ouvrait jamais ses cadeaux
d'anniversaire et sur l'instant ne voulus pas y
croire. C'était impossible. L'erreur que constituait ma présence à cette soirée ne pouvait aller
jusque-là. A tout il y avait des limites. Elle
disait cela pour plaisanter et me faire peur et
qu'il ne reste définitivement plus rien d'au-
thentique en moi ; mais elle était sérieuse et
elle m'expliqua que depuis des années Sophie
conservait sans les ouvrir tous ses cadeaux
d'anniversaire dans des caisses qu'elle photographiait ensuite avec l'idée d'en faire un jour
une exposition ou un livre, elle ne savait pas
très bien, en tous les cas il s'agissait d'une sorte
de rituel et sans doute aurait-elle dû me préve-
nir lorsqu'elle m'avait téléphoné, mais elle n'y
avait pas songé et pourquoi l'aurait-elle fait et
tout ceci n'était pas si grave, il ne s'agissait que

d'une bouteille de vin après tout, et je hochai la tête et regardai droit devant moi sans rien voir que ce mur qui n'avait jamais cessé de se construire autour de moi et qui maintenant semblait presque achevé et je ne pouvais plus m'arrêter de hocher la tête comme les chiens en plastique à l'arrière des voitures et je songeai que tous mes efforts resteraient à jamais méconnus et qu'ils avaient été inutiles et n'avaient servi à rien et que m'importait qu'ils profitent à l'art contemporain, cela me faisait une belle jambe, comme on dit, et même deux belles jambes, et j'avais envie d'éclater de rire et de me décrocher la mâchoire et les dents et les yeux et les os et finalement je voulais éclater une bonne fois pour toutes et qu'on n'en parle plus.

J'étais sorti prendre l'air dans le jardin et le froid me fit du bien et un bon moment je restai à m'emplir d'air les poumons et à souffler de la buée avec ma bouche et à regarder les étoiles et là-haut la petite sonde Ulysse devait filer à des milliers de kilomètres par seconde et continuer son voyage à travers le système solaire et même à cette vitesse elle en avait pour des années avant d'atteindre le Soleil et je songeai qu'elle était finalement dans la galaxie une espèce d'invité mystère qui ne baissait pas les bras et affrontait des périls autrement plus sidérants que ceux qui se dressaient sur ma route et à travers la baie

vitrée je me mis alors à chercher de nouveau
sa silhouette et elle était en train de discuter
avec l'homme qui l'avait fait rire au début et
sûrement était-ce avec lui qu'elle partageait
désormais son existence car il lui caressait le
bras d'une manière qui ne trompait pas et
que voulait-elle me montrer en m'attirant
ici ? Sa nouvelle vie ? Son bonheur ? Son malheur ? Je ne comprenais pas, quelque chose
m'échappait et il fallait que je sache quoi,
j'étais allé trop loin pour reculer et ne pouvais
partir maintenant, oui, je ne me voyais pas
affronter les heures à venir avec pour seule
compagnie l'image d'un chat stoppé net dans
son élan, il ne valait mieux pas, me fis-je la
réflexion, et je poussai résolument la porte-
fenêtre et retrouvai le brouhaha et la chaleur
de la soirée et j'avais envie d'un verre et
même de plusieurs et je me dirigeai vers la
table tout en vérifiant au passage que mon
manteau n'avait pas disparu, tout à coup je
craignais qu'on me l'ait volé ou qu'il se soit
volatilisé et il fallait que je m'assure qu'il n'en
était rien et cela ne pouvait pas attendre, rien
d'autre ne comptait à cet instant et finalement nous ne redoutons jamais que ce qui
nous est déjà arrivé dans l'invisible et à côté
de mon manteau le bouquet de roses
blanches et rouges semblait me faire signe et
vouloir parler et il me parut la seule chose
certaine et bienveillante dans cette soirée.

J'avais regagné mon poste d'observation sous l'escalier et je descendais méthodiquement des coupes de champagne en attendant que quelque chose survienne et me sauve et que le flamant rose cesse de se tenir toujours sur la même jambe lorsqu'une femme avec des boucles d'oreille compliquées qui lui tombaient presque sur les épaules s'approcha de moi et elle voulait trinquer et je n'avais pas grand-chose à lui dire ni envie de parler mais pour ne pas la laisser comme une flaque devant moi je lui demandai qui étaient tous ces gens qui s'amusaient follement autour de nous et elle se mit à me désigner des visages et à me citer des noms et la plupart étaient connus et certains même célèbres et il y avait des artistes et des écrivains et des intellectuels et des journalistes et même une gloire de la tauromachie et je lui dis que c'était curieux, mais toutes ces célébrités n'en avaient pas tellement l'air et me donnaient plutôt l'impression de morceaux de pain flottant depuis un moment à la surface d'un bol de lait et je sentis que je commettais un impair, comme on dit, imperceptiblement elle s'était raidie et sur un ton qui se voulait léger elle me dit que c'était moi qui devrais plutôt me mettre au lait tandis que ses boucles d'oreille tintaient de désapprobation et je dodelinais la tête en signe d'acquiescement et de contrition et, en même temps, il était trop tard, quelque chose en moi était lancé qui venait de loin et avait

pris son élan et sortait de ma bouche et la tordait sans que je puisse m'en empêcher et
d'une traite je lui sortis et l'obligeai à
entendre que, selon moi, il y avait malgré tout
un problème, oui, ces élites qui faisaient de si
belles choses et en défendaient d'encore plus
belles, c'était très bien, parfait, mais pouvait-
elle me citer dans cette pièce une seule de ces
célébrités qui puisse dire qu'elle en avait
"par-dessus le marché" et soit encore en
mesure de le dire et j'aimerais voir cela, j'étais
curieux, ça oui, et elle se rappelait peut-être
qu'on employait cette expression il n'y avait
pas si longtemps et justement, ce n'était pas
un hasard si elle n'avait plus cours aujour-
d'hui et avait même totalement disparu du
vocabulaire, oui, plus personne ne disait et ne
pouvait désormais dire qu'il en avait par-dessus le marché car en même temps que l'expression c'était la possibilité d'en avoir
réellement par-dessus le marché et même de
commencer à y songer qui s'était perdue et ce
désir n'était même plus formulable et je ne
savais plus où je voulais en venir mais en tous
les cas il n'était pas dit que dans aucun autre
monde que celui-ci ces gens puissent être
célèbres ni même exister et que valaient alors
leurs œuvres et leur renommée et ce n'était
pas la peine de me regarder comme ça, non,
car si elle voulait même le savoir je me sentais
ici comme le peuple dont personne ne veut
jamais entendre parler sauf pour lui dire qu'il

a tort et ne comprend rien et ne vaut rien et
doit se taire et n'est finalement qu'un invité
surprise qu'on tolère à la table de la vie et
qu'en pensait-elle ? Elle n'en pensait visiblement rien de bon et je m'en voulais déjà de
ma tirade et de l'avoir agressée, elle n'y était
pour rien et ne pouvait pas comprendre et
j'avais honte et, en même temps, je me sentais
soulagé, oui, j'étais honteux de je ne savais
quoi et soulagé de je ne savais quoi et après
de longues secondes où elle ne m'offrit que
son profil et le balancement de ses pendentifs
qu'elle tripotait machinalement elle se tourna
vers moi et tout en me dévisageant comme si
j'étais soudain devenu son ennemi et même
son ennemi personnel elle me demanda si par
hasard j'avais déjà publié un livre ou quelque
chose comme ça et je me sentis rougir et je lui
avouai que non et ses traits se détendirent et
elle eut un petit sourire comme si tout s'éclairait à présent pour elle et rentrait heureusement dans l'ordre et il n'y avait pas à chercher
plus loin, elle comprenait tout à coup d'où je
parlais et l'insignifiance de ma situation
signait forcément l'insignifiance de mes propos et elle me dit comme je m'y attendais
déjà que c'était facile et confortable de s'en
prendre à ceux qui faisaient des choses car eux
au moins s'y risquaient et essayaient de les
faire bouger et j'avais plein d'arguments à lui
opposer mais dans le fond j'étais d'accord
avec elle et je me tus et presque aussitôt elle

me dit d'une voix d'où ne dépassait pas un mot qu'elle préférait la compagnie de quelqu'un de plus talentueux et agréable et je la comprenais, lui dis-je, en m'inclinant bien bas tandis qu'elle tournait les talons en cliquetant des oreilles et de loin je levai ma coupe à sa santé et j'étais furieux contre moi-même et heureusement que nous n'étions pas mariés et il faut croire que notre sort pourrait toujours être pire et depuis tout petit n'était-ce pas ce que l'on m'avait toujours répété pour me faire tenir tranquille et, à cet instant, rien ne m'apparut plus absurde et même toxique et mortifère que de rester encore et toujours sage comme une image, comme on dit.

Pourquoi ne venait-elle pas me parler ? Elle discutait à présent avec un couple et semblait m'avoir complètement oublié et j'en avais assez de ses simagrées et de tout et, pour commencer, j'en avais assez de rester sous mon escalier et afin de me donner contenance et me fixer un but pour une fois accessible je me dis que j'allais me diriger du côté de la baie vitrée d'où j'aurais alors un point de vue inédit sur la soirée, oui, peut-être verrais-je les choses et ma vie et le monde d'un autre œil une fois là-bas, me fis-je la réflexion, il suffit parfois de pas grand-chose et c'était en tout cas un premier pas et de toute manière ma décision était prise et il valait mieux en prendre une. En même temps je surveillais la

maîtresse de maison. A aucun prix je ne voulais tomber sur elle ni la croiser tellement je
me sentais à cet instant incapable d'aligner
une phrase qui ne fût chargée de détresse et
d'indigence, oui, mieux valait pour tout le
monde et pour moi que je me taise pour l'instant, c'était préférable, et finalement je
contournai un pilier derrière lequel se tenait
l'homme au panama et je ne l'avais pas vu et il
se retourna sur moi et ses yeux très bleus me
fixèrent, ils étaient d'une pâleur sans fin et son
visage étrangement lisse et sans relief et en
même temps creusé et il me tendit la main
en disant d'une voix molle et inaudible "Bon-
jour" et je serrai sa main et elle était comme sa
voix et je lui souris d'une manière que je voulais la plus amicale possible comme si j'avais
peur de blesser je ne savais quoi en lui qui
semblait fragile et même appeler d'une certaine manière à l'aide et j'allais pour retirer ma
main, mais au lieu de la lâcher il la serra et la
garda dans la sienne et qu'est-ce qui lui prenait ? Lorsqu'il chancela tout à coup et son
corps partit en arrière comme s'il était sub-
mergé par une crise ou je ne savais quoi, une
faiblesse qui l'anéantissait soudain et s'empa-
rait de lui et le liquéfiait sur place et je le
voyais partir et il ne luttait pas, au contraire, il
semblait s'abandonner et je crus qu'il allait
s'écrouler devant moi et l'idée qu'il faisait un
malaise me paniqua et c'est moi qui ne
lâchais plus sa main et je voulais l'empêcher

de tomber, pas ça, non, mais tout allait trop
vite et il se décomposait sur place et il fallait
que je fasse quelque chose lorsque mon regard
croisa le sien et immédiatement je compris
qu'il ne s'agissait pas d'un malaise, oui, j'avais
déjà vu ce genre de regard et quelque chose en
moi devint roc et je soutins sans sourciller son
désir et il dut comprendre que je n'étais plus là
car il ferma les yeux comme s'il savourait en
lui-même un ultime regret, puis il les rouvrit
lentement et je lui demandai du ton le plus
rêche et sarcastique que je pus s'il se sentait
mieux ; mais il ne releva pas et dans un soupir
je l'entendis murmurer "Vous êtes très beau"
et je hochai la tête en serrant les mâchoires et
je lâchai sa main et il ne fit rien pour la retenir,
l'onde était passée, et de nouveau ses yeux
étaient insondables et larmoyants avec quelque
chose à présent de déplaisant et d'étriqué et
sans plus s'intéresser à moi il s'éloigna en boi-
tant d'une jambe et je le suivis des yeux tandis
que quelque chose du dégoût, de la peur et de
l'humiliation montait en moi et toute cette
scène n'avait duré que quelques secondes et
personne n'avait rien remarqué et j'appris plus
tard qu'il s'agissait d'Hervé Guibert et il était
le premier écrivain que je rencontrais en chair
et en os, comme on dit, et à quoi bon avoir lu
tant de livres si c'était pour en arriver là, grin-
çai-je, et pendant un long moment je me sentis
crachat et c'était désormais une certitude, oui,
de tout ce qui s'accumulait ici rien de béné-

fique ne pourrait jamais sortir, ni moi meilleur
et apaisé, mais au contraire amoindri et enlaidi
et vain et artiste et français et définitivement
réfuté de la tête aux pieds.

Mais plus tard dans la soirée une petite
femme brune qui avait dû être très jolie et
l'était encore me raconta qu'elle traversait
chaque après-midi le cimetière du Montpar-
nasse pour rentrer chez elle et systématiquement elle faisait un détour pour voler les fleurs
qui ornaient la tombe de Pierre Laval et elle les
ramenait chez elle et sa maison était perpétuel-
lement fleurie car tous les jours la tombe de
Pierre Laval se retrouvait fleurie comme par
miracle et c'était tout de même extraordinaire
et elle prétendait qu'aucune fleur ne méritait de
mourir sur une telle tombe et c'était pour elle
comme une sorte de mission de les sauver et
ses yeux brillaient de malice et je lui demandai
si je pouvais téléphoner et elle m'indiqua l'endroit et j'appelai alors celle qui m'aimait malgré
mes sous-pulls à col roulé, je lui avais promis de
passer un coup de fil pour la rassurer et je lui
dis que tout se passait merveilleusement bien,
elle n'avait pas à se faire de souci, je tenais le
coup et serais bientôt rentré et lui raconterais
tout le lendemain et je pensais très tendrement
à elle et à cet instant c'était plus vrai que cela ne
l'avait jamais été tandis que je suivais des yeux
une jeune fille qui portait un boléro orange et
plusieurs fois déjà sa silhouette était parvenue à

accaparer mon esprit malgré ce qui l'encom-
brait et le tordait, ou pour cette raison même, et
j'avais envie de je ne savais quoi avec elle, peut-
être simplement d'entendre sa voix ou qu'elle
m'écoute ou de me glisser derrière elle et de
passer mes mains sous son boléro et de frôler sa
peau et d'englober ses seins et de les caresser et
les presser sans qu'elle proteste ni ne s'émeuve
ni même s'étonne, au contraire, elle fermerait
les yeux et s'abandonnerait et se laisserait envahir par la sensation et tout serait simple et évi-
dent et lumineux et orange et n'étais-je pas
l'invité de tous les mystères ?

Elle était étudiante en "psycho", comme elle
dit, et dans la cuisine je la fis parler autant que
je pus pour demeurer le plus longtemps en
présence du dessin de ses lèvres et de la finesse
de ses poignets et de son cou qui semblait
réclamer qu'on l'étrangle et je ne compris pas
bien par quels détours de la conversation, mais
elle en vint à me décrire l'appareil à discrimi-
nation de Lashley et j'ignorais de quoi il s'agissait et elle m'expliqua qu'on prenait des rats et
on les conditionnait pour qu'ils s'alimentent
dans un bac vert tandis qu'ils recevaient une
décharge électrique s'ils s'abreuvaient à un bac
rouge et les rats devenaient névrosés et jusque-
là tout allait bien et j'étais bien d'accord ; mais
ensuite on ôtait le bac vert et les rats restaient
avec le seul bac rouge pour s'alimenter tout en
sachant que s'en approcher les électrocutait et

vous imaginez le conflit, me dit-elle les yeux
brillants ; j'imaginais très bien et finalement les
rats devenaient fous : ils se mettaient à tourner
sur eux-mêmes pendant des heures ou devenaient violents et agressifs sans raison apparente et certains se dévoraient les extrémités ou
se cognaient contre les vitres jusqu'à s'assom-
mer et au bout de quelques jours la plupart
finissaient par ne plus bouger et demeuraient
immobiles et prostrés et obnubilés et on pouvait alors leur faire prendre n'importe quelle
pose et même les plus saugrenues et les plus
inconfortables sans qu'ils réagissent le moins
du monde et je vidai d'un trait le fond de ma
coupe de champagne et je lui dis qu'à mon
avis, cela faisait déjà un moment que l'on
avait ôté le bac vert à beaucoup d'entre nous
et peut-être même à nous tous, il suffisait de
regarder autour de soi et les poses invraisem-
blables et obnubilées qui se prenaient partout
et tout le temps et le journal télévisé ne per-
mettait-il pas chaque soir de s'en faire une idée
dans la manière invraisemblablement obnubilée dont il rendait compte de ce qui avait lieu
dans le monde de manière invraisemblable et
obnubilée et malgré moi la pensée me traversa
que ma manière d'être et de tout et même
d'écrire n'était pas moins saugrenue et obnubilée et une espèce de panique me submergea,
d'un seul coup je me sentis en sueur et mon
sous-pull à col roulé m'étouffait et me collait et
fébrilement je me mis à chercher des yeux une

issue, il devait y en avoir une, ce n'était pas possible autrement, mais je ne voyais rien et il n'y avait rien et je la regardais et elle se demandait visiblement ce qui m'arrivait et à toute vitesse je visualisai ses lèvres, ses poignets, son cou, son boléro et soudain quelque chose s'ouvrit en moi et l'air et le sang et la vie affluèrent de nouveau et d'une voix retrouvée et même légère qui ne trahissait nullement le petit tour dans le néant que je venais de faire je lui dis que c'était une chance que son boléro soit orange et non pas rouge, oui, elle ne pouvait soupçonner à quel point c'était une chance à cet instant précis, cela nous laissait un petit espoir et je ne pensais pas à elle et moi comme elle le crut sans doute car elle m'adressa un petit sourire faussement courroucé et je ne voulais pas l'ennuyer davantage et j'avais été ravi de faire sa connaissance et qu'elle m'ait instruit et ouvert les yeux et cela suffisait comme ça.

Toute la soirée nous n'avions fait que nous croiser et jouer une sorte de cache-cache fastidieux et pas une seule fois elle n'était venue vers moi avec l'intention d'évoquer le passé et encore moins celle de me dire pardon alors que cela m'aurait suffi, oui, simplement pardon, même sans évoquer le passé j'aurais compris, juste pardon, en me prenant peut-être la main un bref instant et en la pressant, oui, je me serais contenté d'une simple pression de ses doigts et je n'en demandais pas plus ; mais non, son attitude était irrévocablement restée sans faille et perpendiculaire à notre histoire et peut-être n'avait-elle pas trouvé le courage ou le moment ou l'envie ou je ne savais quoi et cela n'avait plus aucune importance à présent, il était trop tard et la fête finie. Pourtant j'avais essayé de glisser un pied dans la porte qui depuis tant d'années demeurait close entre nous : nous étions près de la baie vitrée et elle venait de me montrer des photos de sa fille lorsque l'air de ne pas y toucher, comme on dit, je lui avais demandé si elle était au courant pour Michel Leiris ; elle m'avait répondu qu'elle avait appris la nouvelle mais n'avait rien lu de lui et c'était bien ? J'avais haussé les épaules. Ce n'était pas le moment de parler de littérature. Certainement pas. Il n'y avait cependant aucun doute : la mort de Michel Leiris n'avait rien déclenché chez elle, nullement l'annonce de sa disparition n'avait fait écho à la sienne ni ne l'avait incitée à m'appeler comme je l'avais supposé et finalement moi seul avais donc inventé cette métaphore pour donner du relief et du sens à son appel et qu'il trouve dans l'univers le retentissement qu'il avait provoqué en moi et maintenant il fallait que je m'en aille au plus vite, oui, il m'était soudain insupportable de m'attarder une seconde de plus dans cette pièce et parmi ces gens, tout à coup je craignais de faire je ne savais quoi que je ne tenais

justement pas à savoir si tout persistait à
demeurer normal et innocent et insidieux et
parfait et finalement désespérant et factice,
voilà les mots que je cherchais, et je songeai
que les choses et moi-même pouvions bien
demeurer encore et toujours sans un mot ni
une explication, nous n'étions pas les seuls, et
mon manteau était là où je l'avais laissé et tout
n'était donc pas perdu et en me baissant pour
le ramasser je regardais mes mains et retour-
nais mes paumes et il me sembla voir ma vie
qui s'écoulait entre mes doigts comme une
fine pluie arénacée et cela ne me faisait rien.

J'avais empoigné mon manteau qui était
demeuré en boule dans son coin comme un
chien endormi et fidèle et machinalement
mon regard s'était posé sur le bouquet de
roses blanches et rouges et il était réellement
magnifique et même d'une beauté inattendue
à cet instant et dans cet endroit et malgré moi
je me laissais envahir par cette vision et m'en
imprégnais et chaque fleur semblait avoir été
disposée dans le vase de telle manière que
toutes paraissaient unies par un lien tacite et
spontané et l'ensemble exprimait finalement
une harmonie qui n'en exaltait aucune en
particulier ni n'en reléguait la moindre, oui,
chaque rose semblait s'épanouir selon ses
possibilités propres en même temps que vouloir participer à la composition de l'ensemble
et je me fis la réflexion que celui ou celle qui

les avait arrangées devait nourrir certaines
utopies sociales dont il avait cherché à rendre
compte dans l'eau d'un vase, et peut-être ne
pouvait-il faire autrement, lorsque je sentis sa
présence dans mon dos. Elle avait dû voir que
je partais et même vidais les lieux, comme on
dit, et tirais ma révérence, comme on dit, et
qu'à mon tour je m'apprêtais à m'en aller
sans un mot ni rien et je ne l'avais pas vue
venir mais je savais que c'était elle et je ne
bougeais pas, je voulais encore un instant
m'absorber dans la contemplation de l'océan
réconfortant et pour tout dire nostalgique des
pétales rouges et blancs avant d'affronter
l'immense défaite qui était la nôtre et qui, je
le savais, n'en finirait plus de se dresser
devant moi une fois que j'aurais franchi la
porte-fenêtre et je n'étais plus si pressé et
pour gagner du temps et retarder le moment
de me lever et de lui faire face et que tout
s'achève je lui dis d'une voix un peu étranglée
"C'est vraiment un beau bouquet, n'est-ce
pas" et j'avais conscience de chercher à
ramasser dans ces neuf syllabes toute notre
histoire comme s'il m'appartenait d'en dire le
dernier mot et qu'il en fallait un et que c'était
bien qu'il y en eût un et j'eus tout à coup
l'impression d'interpréter sournoisement une
scène et de devenir l'acteur de moi-même et
de mes sentiments comme s'il n'y avait à cet
instant d'autre issue pour moi que de mimer
ce que j'éprouvais et d'en donner une repré-

sentation parfaite et standard selon les lois
rassurantes de la fiction, moi-même n'exis-
tant alors que dans cet effort de falsification
et nullement dans ce que je ressentais et à
quoi je n'avais plus accès qu'au travers d'une
idée toute faite et simpliste et admise et plau-
sible et commode et, en définitive, uniquement culturelle et cet ultime déni intériorisé
de ce que je vivais m'apparut le pire de tous
et il était trop tard, lui apparaître vraisem-
blable était tout ce qu'il me restait et je
demeurais silencieux en sachant pertinem-
ment que ces quelques secondes de silence
installaient entre nous une "intensité doulou-
reuse" et une "émotion ineffable" et, dans
une situation comme la nôtre, qu'il s'agissait
de la chose précisément à faire : suspendre le
temps pour faire croire que l'indicible était en
train de se manifester et qu'il charriait toute
la tristesse enfouie du monde et, finalement,
c'était peut-être vrai, oui, j'avais beau savoir
ce silence artificiel et truqué et n'être qu'un
cliché, comme on dit, malgré moi je m'y laissais prendre et m'y engouffrais et je me sentais tout à coup ému et sincère et proche
d'elle comme pas une fois je ne l'avais été
depuis qu'elle avait téléphoné et que je l'avais
revue, oui, il me semblait même que notre
séparation cherchait tout à coup à nous
réunir et qu'elle y parvenait devant ce bouquet et dans ce silence et pendant ces
quelques secondes trafiquées tout devint réel-

lement beau et harmonieux et rouge et blanc
et orange entre nous et j'avais envie d'y croire
et je songeai que nous regardions à cet instant
dans la même direction et c'était sans doute
pour la dernière fois et finir sur cette note,
comme on dit, m'apparut un souvenir suffisant. Mon manteau dans les bras, je me rele-
vai alors et la regardai avec l'intention de
graver en moi une dernière image d'elle et ses
yeux fixaient le bouquet et sans les lever elle
dit en remuant à peine les lèvres que les roses
étaient les seules fleurs qu'elle supportait de
voir coupées et immédiatement je sus que la
méprise qu'avait constituée ma présence à
cette soirée était dissipée.

C'était le ton sur lequel elle avait parlé. Il y
avait en lui quelque chose d'indéfinissable et
de spontané, une sorte d'aura que je ne lui
connaissais pas, presque une présence et, en
tous les cas, j'avais sursauté en l'entendant,
tout à coup quelque chose avait dressé l'oreille
en moi et s'était mis en branle et en alerte et à
l'écoute comme si une main m'avait brusquement tapé sur l'épaule ou pincé par surprise et
sur l'instant sa voix m'apparut même si
étrange et bizarre que je crus que ce n'était
pas elle qui avait parlé et, en même temps, je
savais que c'était elle et cette sensation ne
dura qu'une fraction de seconde mais elle
ouvrit devant moi un abîme et me plongea
dans une effervescence et une incrédulité dont

elle ne parut même pas s'apercevoir, oui, je la
regardais et son visage n'offrait aucune prise
dont je puisse me servir, l'instant était passé et
il semblait même n'avoir jamais eu lieu et elle
me considérait du même air lisse et affable et
finalement infranchissable derrière lequel elle
s'était protégée durant toute la soirée et je ne
savais plus quoi penser sinon que j'avais l'intuition et même la certitude qu'elle n'avait
nullement proféré une incongruité, au
contraire, sa petite phrase avait un sens et
même une raison d'être et pour tout dire
j'avais l'impression d'un lapsus, il n'y avait pas
d'autre mot, et à toute vitesse je songeai
qu'elle venait de m'envoyer du plus profond
d'elle-même une espèce de message et de me
faire signe, oui, au moment le plus inattendu
et le moins prévisible elle s'était d'une certaine
manière trahie et quelque chose lui avait
échappé et était venu vers moi et s'était manifesté, enfin s'était manifesté et m'avait parlé et
s'était adressé à moi alors même que je ne
l'espérais plus et je songeais que c'était
comme si elle n'avait pu cette fois se résoudre
à me laisser partir sans un mot ni une explication, oui, quelque chose en elle s'était finalement révolté à cette éventualité et malgré
toutes les barrières et les silences et son inal-
térable raideur et certainement la culpabilité
elle avait cherché et était parvenue à me dire
cette chose qu'obscurément et pour ainsi dire
à son insu elle avait eu l'intention de me révé-

ler dès l'instant où elle avait décroché son téléphone pour m'inviter à cette fatidique soirée et, en définitive, ce n'était qu'au tout dernier moment qu'elle avait trouvé la force et la possibilité de desserrer l'étau et de me tendre la main et d'agiter enfin son mouchoir depuis sa tour et cela parlait de "roses coupées" et de "la seule chose qu'elle supportait de voir" et je n'avais aucune idée de ce que cela signifiait mais tout en moi me disait qu'il s'agissait d'un secret qu'elle avait cherché à me révéler et n'étais-je pas venu à cette soirée dans l'espoir que quelque chose comme cela se produise ? Cinq minutes plus tard j'étais dans la rue après l'avoir embrassée le plus simplement du monde et quittée comme si tout était dit entre nous et la page tournée, comme on dit, et je savais qu'elle l'était.

C'est par des rues inconnues que je rentrai à pied chez moi. Trouver un taxi à cette heure et dans cette banlieue était illusoire et de toute manière j'avais envie de marcher et d'être seul et de prendre mon temps et d'évoluer dans l'espace selon un rythme qui soit le mien et non mécaniquement donné par une voiture ou un transport en commun, oui, j'avais besoin de sentir physiquement et mentalement et personnellement toute la distance qui me séparait à cet instant de chez moi et pour une fois je ne voulais pas que la vitesse me suggère qu'il ne se passe jamais rien lorsque

l'on passe d'un lieu à un autre comme s'ils se
valaient tous et ne constituaient finalement
qu'un seul et même et unique et monotone
endroit dont on ne sortait jamais et dans le
froid je me félicitai pour la première fois peut-
être de porter un col roulé tout en songeant et
en ne cessant de songer à la petite phrase
qu'elle m'avait dite et que je sentais ramper en
moi et s'insinuer et cheniller et creuser des
galeries en même temps que je me remémo-
rais la soirée et récapitulais en moi-même les
divers événements qui s'y étaient déroulés et
qui m'apparaissaient maintenant dérisoires et
inoffensifs et, en tous les cas, ils n'avaient nullement été terribles ni insurmontables ainsi
que je l'avais redouté et comment avais-je pu
imaginer que le monde et toute sa puissance
et ses sortilèges m'attendaient à cette soirée de
pied ferme, comme on dit, et que j'allais y voir
étaler au grand jour mes défaites et mon
impuissance et mon insignifiance ? En fin de
compte, quel pitre impressionnable faisais-je
et il y avait de quoi rire et me taper sur les
cuisses et me donner des gifles et je préférais
ne pas y songer et les roses étaient donc les
seules fleurs qu'elle supportait de voir coupées
et qu'avait-elle voulu dire ? Certaines spécula-
tions me venaient automatiquement à l'esprit
et sans doute pouvait-on tirer des mots
"roses" et "couper" de mirifiques conclusions
sur les femmes en général et sur elle en particulier ; mais cela ne menait pas très loin et ne

m'était de toute manière d'aucun secours et il
s'agissait d'autre chose, j'en étais convaincu,
oui, c'était en ma présence que s'était pro-
duite l'infime modification qui avait surgi en
elle et sa petite phrase m'était destinée et elle
ne pouvait avoir de sens que pour moi et aussi
sûrement que je n'avais pas rêvé j'avais à cet
instant l'absolue certitude qu'elle m'avait livré
la clef du silence qui était le sien depuis des
années et que celle-ci ne pouvait jouer et tourner que dans la serrure de notre histoire,
c'était l'évidence même, dans aucune autre
histoire sa petite phrase n'avait de chance
d'ouvrir quoi que ce soit et je songeais que
toute tentative d'interprétation ne renvoyant
finalement qu'à elle-même et à une vaniteuse
capacité d'interprétation ne valait dans ce cas
précis pas tripette, comme on dit, et peut-
être même dans aucun autre cas d'ailleurs.
Encore fallait-il que je déchiffre le message
qu'elle m'avait transmis et comme déposé
précieusement entre les mains et j'en étais
loin, aussi loin sans doute que de mon domi-
cile, car j'avais beau arpenter les mots dans
tous les sens et traverser leur assemblage et
remuer leur ciel et leur terre je n'aboutissais
nulle part et ne reconnaissais rien et je songeais que si je ne parvenais à découvrir la
moindre issue, alors toute cette soirée n'aurait finalement été qu'une farce sans nom et
par la suite moi-même me persuaderais sans
doute qu'il s'agissait de mon imagination et

qu'elle n'avait finalement rien cherché à me
dire pour cette raison que je serais resté sourd
à la mystérieuse invitation qu'elle m'avait lancée comme une bouée de sauvetage et sur la
droite un panneau indiquait la direction de
Paris et je poussai un soupir de soulagement
en constatant que je n'étais pas perdu et
serais même bientôt en terrain connu.

Obscurément il me semblait avoir déjà
vécu cette scène, pas vécu, non, ce n'était pas
cela, plutôt comme l'odeur puissante de la
forêt après la pluie submergeant tout à coup
la pièce calfeutrée d'un appartement. Cette
pensée m'était venue comme une espèce de
brouillard enveloppant soudain mon esprit et
je souriais moi-même d'entrer dans ce
qu'elle avait de saugrenu et de totalement
hors de propos et sans doute la fatigue phy-
sique et nerveuse y était-elle pour quelque
chose, en tous les cas elle était là et, tout en
marchant, je m'imaginais parfaitement une
chambre assaillie par des effluves de bois et
de feuilles mouillées et l'air y était frais et
vaguement fétide et toute la pièce baignait
dans l'atmosphère parfaitement identifiable
des glands et de la mousse et des champi-
gnons en même temps que persistaient
devant les yeux une table, des chaises, un lit,
un tapis aux motifs compliqués, un plafon-
nier éteint, des rayonnages emplis de livres et
à moins qu'on ne nous ait menti depuis des

siècles cet environnement n'était pas ce que l'on pouvait appeler une forêt et encore moins après la pluie et même s'il n'avait pas plu, oui, c'était à la fois simple et vertigineux et cette révélation me réjouissait soudain follement comme une histoire drôle : les yeux démentaient catégoriquement l'odorat ou vice versa et quel sens décrivait alors la vérité et lequel trompait l'autre et c'était encore plus facile de me poser la question puisque je n'avais pas d'odorat et... Mrs Dalloway ! Ce nom surgit tout à coup devant mes yeux et aussitôt une incroyable fébrilité courut dans mes veines et la nuit se mit à danser et ce n'était pas possible, cela n'avait aucun sens, que venait fait ici le roman de Virginia Woolf et qu'allais-je encore imaginer ? Mais c'était comme un immense pressentiment qui s'était emparé de moi et me soulevait de terre et me jetait dans les airs et j'en avais la chair de poule, comme on dit, et les jambes coupées au point qu'elles tremblaient sous moi et je ne pouvais me tromper tellement mon sang jubilait dans mes veines et une telle sensation ne pouvait certainement pas mentir, oui, sa petite phrase avait un rapport avec *Mrs Dalloway*, en une fraction de seconde cette révélation m'avait ébloui et à chaque pas que je faisais elle devenait une certitude prodigieuse car tout venait et s'éclairait et s'expliquait soudain à la seule évocation de ce nom, d'un seul coup il avait ouvert une

porte insoupçonnée et libéré un vertige de
mots qui se bousculaient et surgissaient et se
télescopaient et à toute vitesse il me revenait
qu'il était question dans ce livre de roses
rouges et blanches et d'un bouquet qui jouait
je ne savais plus quel rôle et il s'agissait de
l'histoire de retrouvailles lors d'une soirée
mondaine, oui, une femme retrouvait
l'homme qu'elle avait aimé dans sa jeunesse
à l'occasion d'une grande réception et je ne
me rappelais plus comment il s'appelait mais
c'était elle qui l'invitait et il me semblait bien
que c'était elle et ils se retrouvaient après des
années de séparation et je ne savais plus
comment finissait le livre et ce n'était pas
tout, il y avait autre chose, oui, je me souvenais à présent qu'elle adorait Virginia Woolf
et *Mrs Dalloway* était l'un de ses livres préfé-
rés et peut-être même son livre favori à
l'époque, elle m'en avait lu un jour des pas-
sages à haute voix et, en tous les cas, je me
rappelais parfaitement l'émotion qui avait été
la sienne lorsqu'elle avait refermé le livre et
ce devait être dans les premiers temps de
notre amour et jamais, à ce que je pouvais en
savoir, un livre n'avait paru lui faire un tel
effet, d'autant que ce n'était pas son genre de
littérature, oui, je la voyais surtout à l'époque
en compagnie de gros ouvrages d'histoire ou
de sagas et, en tous les cas, je lui avais promis
de lire ce livre qu'elle avait adoré et finalement je ne l'avais lu que des années plus tard

et même bien après qu'elle m'eut quitté et
sur l'instant je ne l'avais d'ailleurs pas trouvé
plus bouleversant que cela, ce n'était pas non
plus le genre de livres qui pouvait me plaire
dans cette période de ma vie, plutôt *Ulysse* de
Joyce que Virginia Woolf avait d'ailleurs cherché à prolonger à sa façon, et c'était insensé,
chaque seconde me dévoilait une nouvelle
source d'enthousiasme et tout prenait désormais un sens inédit et incroyable et les pièces
du puzzle qui était le mien semblaient
comme par magie s'emboîter et j'avais la sensation d'éclater tandis que dans ma tête des
milliers de jetons dégringolaient et je les
entendais réellement dégringoler en cascade
comme dans une machine à sous et proclamer que c'était mon jour de chance et que
j'avais touché le jackpot et que la vie était
définitivement une aventure exubérante et
dans la rue je courais presque pour rentrer au
plus vite chez moi, oui, il fallait que je sache
sur l'heure si j'avais vu juste et s'il ne s'agissait pas d'une ultime fièvre de mon imagination et c'est quatre à quatre que je grimpai
les escaliers et me précipitai sans même ôter
mon manteau vers ma bibliothèque pour y
chercher le livre de Virginia Woolf ; mais je ne
le trouvai pas et je crus que j'allais devenir
fou et pendant une fraction de seconde ce ne
fut pas une plaisanterie et il fallut que je
dévaste entièrement les étagères pour enfin
dénicher le petit livre à couverture grise qui

contenait tous mes espoirs et d'une traite
hallucinée je me plongeai alors dans l'histoire
de Clarissa Dalloway et de Peter Walsh et je
ne me trompais pas : page 140 : "Mais elle
adorait ses roses (...) les seules fleurs qu'elle
pût supporter de voir coupées."

Tout le livre était explicite et lorsque je le
refermai j'avais cessé d'être sans un mot ni
explication, oui, je tenais entre les mains
mille phrases qui résolvaient d'un seul coup
toutes les questions qui étaient demeurées
pour moi sans réponses depuis tant d'années
et toutes les réponses qui n'avaient jamais
reçu leurs questions et je savais enfin pourquoi elle m'avait téléphoné pour m'inviter à
cette soirée et quelles étaient les raisons de
son silence depuis qu'elle m'avait quitté et
peut-être même l'origine de sa disparition.
Car tout indiquait que ce n'était pas elle qui
m'avait téléphoné pour m'inviter à cette soirée mais Mrs Dalloway, ou plutôt l'esprit de
Mrs Dalloway qui avait infusé en elle exactement comme celui d'Ulysse ne me quittait
plus depuis qu'elle avait disparu et précisément depuis ce moment-là, oui, ce genre de
sublimation insensée et même de transmuta-
tion grandiose ne m'était donc pas réservé et
d'autres y avaient accès et elle la première et
c'était effrayant et merveilleux et tout coïnci-
dait trop parfaitement pour qu'il n'en soit
pas ainsi et, en tous les cas, je n'avais aucune-

ment l'intention de laisser échapper cette chance que se trouve enfin justifié à mes yeux ce qui, depuis sa disparition et jusqu'à cette extravagante soirée, n'avait plus cessé d'être une énigme et une torture pour moi, quand bien même la réalité des choses, comme on dit, serait totalement différente et mon jugement et mes souvenirs faussés et même dépravés par l'impression qu'elle m'avait laissée. Mais qui détenait la réalité que j'avais connue ? Moi aussi étais humain à ma manière et, vus sous l'angle du roman de Virginia Woolf, les événements me donnaient enfin la possibilité de croire et d'espérer qu'ils avaient une raison d'être et que celle-ci m'était accessible, oui, ils ne m'apparaissaient soudain plus absurdes et chaotiques et catastrophiques mais au contraire logiques et inspirés et salvateurs à mesure que je découvrais au fil des pages leur transposition dans la réalité et comment, avec les moyens du bord et au gré des circonstances qui étaient à portée de sa main, elle avait miraculeusement adapté le roman de Virginia Woolf dans sa propre existence et, à l'insu de tous et sans doute d'elle-même, suivi dans les grandes lignes et pour ne pas dire à la lettre l'espèce de programme qu'elle y avait entrevu et toutes les émotions et sensations qui allaient avec et qu'elle avait adoré ressentir et, j'en étais à cet instant convaincu, désiré dans l'ombre faire un jour siennes comme si du

profond d'elle-même et du meilleur de son
être quelque chose demandait et même
réclamait de vivre enfin d'autres sentiments
que ceux issus de la peur auxquels le monde
semblait et semble à chaque instant et de
plus en plus vouloir nous réduire et nous
rétrécir les uns après les autres. Les roses, les
retrouvailles, la soirée : tout était là, écrit noir
sur blanc, et une multitude de détails que je
connaissais de sa vie me sautaient à présent
aux yeux, comme on dit, et tous semblaient
faire signe à Clarissa Dalloway et lui témoigner un amour magnifique et irréprochable
et unique et la prolonger dans le temps et
l'espace comme un parfum dont elle aurait
secrètement fait sa propre essence et qu'il
fallait en définitive traverser pour accéder
jusqu'à elle et je songeais avec une sorte d'ef-
froi et de jubilation que si elle m'avait quitté
sans un mot ni une explication, c'était peut-
être qu'elle nourrissait depuis le début l'indicible projet de se retrouver des années plus
tard dans la situation de jouer cette scène où
elle serait Clarissa Dalloway retrouvant le
temps d'une réception l'homme qu'elle avait
aimé dans sa jeunesse et tout ne s'était-il pas
finalement déroulé pour que cela arrive dans
la réalité et qu'était celle-ci alors ? Car
n'avait-elle pas agi pour que moi aussi puisse
un jour m'écrier "Clarissa ! Clarissa ! Mais
elle ne revint pas. C'était fini. Il ne la revit
jamais." (page 80) et comment imaginer

qu'elle ne se soit pas reconnue dans celle qui
"ne se relâchait jamais dans aucun sens du
mot ; elle était droite comme une flèche, un
peu rigide en fait" (page 93) et, en même
temps, "pure de cœur" (page 217) et capable
de clamer en son for "son horreur de la
mort" (page 175) et de proclamer que "ce
qu'elle aimait, c'était finalement la vie"
(page 141), oui, c'était son portrait craché et
plus j'y songeais, plus il m'apparaissait
encore qu'elle avait trouvé chez celui qui
était devenu le père de sa fille un Richard
Dalloway effectivement "petit, net, sérieux"
(page 136) et dont on pouvait dire, d'après ce
que j'avais pu glaner sur son compte, qu'il
était un "homme opiniâtre, obstiné, qui avait
soutenu la cause des opprimés et agi avec
droiture" (page 135) et en le revoyant à côté
d'elle je l'imaginais même très bien pouvoir
se répéter intérieurement que "c'était un
miracle qu'il eût épousé Clarissa" (page 135)
et rien ne manquait, pas même sa fille "aux
yeux   chinois ;   un   mystère   oriental"
(page 143) dont elle m'avait montré une
photo près de la baie vitrée, oui, le moindre
événement de sa vie révélait soudain une
signification qui ne devait rien au hasard
mais tout à son désir de s'extirper de l'in-
forme et du médiocre pour s'élever jusqu'au
romanesque et, en tous les cas, j'y croyais et
je voulais y croire et, en fin de compte, c'était
mon propre visage que je découvrais à travers

ses yeux dans le personnage de ce Peter Walsh "avec qui tout devait être partagé, tout examiné. C'était intolérable" (page 19) et qui "avait toujours le même tic : ouvrir son canif, ouvrir et fermer son canif quand il s'excite" (page 212) et était "toujours amoureux et toujours amoureux de la femme qu'il ne faut pas" (page 142) et "Peter – et c'était vraiment incroyable – qui la mettait toujours dans ces états seulement parce qu'il était là, dans son coin – et pourquoi venait-il s'il ne faisait que critiquer" (page 191) et qui "avait raté sa vie" (page 19) et ne s'intéressait "qu'à l'état du monde" (page 18) et "n'avait pas de pitié" (page 197) ni "de manières" mais toujours "cette complète insouciance de ce que sentaient les autres" (page 60) et tant d'autres phrases encore qui me décrivaient et me confondaient et me confrontaient tout à coup à mon reflet avec une perspicacité qui me brûlait les yeux et me consumait sur place et je songeai alors que le véritable invité mystère n'avait nullement été moi, mais ce roman anglais écrit dans les années 1920 qui s'était introduit en douce dans son existence pour en changer le cours, et le mien par voie de conséquence, et depuis toujours n'était-ce d'ailleurs pas la littérature qui s'invitait mystérieusement dans l'histoire des hommes et l'on croit penser à tout et on oublie le livre posé sur la table de nuit.

Peu importait maintenant qu'elle m'eût quitté sans un mot ni une explication. Cela ne comptait plus à présent. C'était oublié. Enfin oublié. C'était donc possible ? Je n'en revenais pas moi-même et pourtant je ne ressentais plus aucune amertume, d'un seul coup rancœur et désespoir avaient disparu et semblaient s'être évanouis comme par enchantement, ou plutôt transmués et métamorphosés en une espèce de gratitude et une tendresse et même une admiration pour elle et ce qu'elle avait accompli, oui, je savais et comprenais à présent quelle estime de l'existence avait en réalité été la sienne et comment j'avais pu en faire les frais, comme on dit, oui, par-delà toute cruauté je découvrais et reconnaissais soudain qu'elle n'avait cherché qu'à "sauver cette partie de la vie, la seule précieuse, ce centre, ce ravissement, que les hommes laissent échapper, cette joie prodigieuse qui pourrait être nôtre" (quatrième de couverture) et, en tous les cas, parmi tout ce qui nous agit et entend dicter notre conduite elle avait trouvé le moyen de désobéir et de se mouvoir dans l'existence sans étouffer dans son poing cette ligne de vie qui, selon moi, valait toutes les autres et même plus que la somme des autres et c'était finalement à moi qu'elle avait divulgué son secret et sans doute l'avait-elle fait au dernier moment parce que le roman se terminait justement au terme de la soirée et très précisément à l'instant où Peter Walsh se disposait à partir

et je n'en demandais pas plus, j'avais l'explication que je cherchais et elle était à la hauteur
de notre histoire et elle coûtait douze francs
cinquante de l'époque dans le commerce et
nous étions le dimanche 14 octobre 1990 et
encore une fois tout arrivait un dimanche :
sans l'avoir prémédité, c'est à peu près à
l'heure où j'avais reçu quinze jours auparavant
ce coup de fil qui m'avait tiré de mon sommeil
que je téléphonai à celle qui m'aimait en dépit
de mes sous-pulls à col roulé et je savais que
mon existence passait dorénavant par elle et
ses délicates petites mains, oui, de nouveau
j'entrevoyais la possibilité et la perspective que
s'écrive pour moi un nouveau chapitre dans la
réalité puisque j'avais enfin tourné la page,
comme on dit, et sans doute ce chapitre serait-
il tout autant dissimulé et incertain et en fili-
grane de tout, mais à lui seul il donnerait du
style à nos faits et gestes, enfin du style pour
témoigner que quelque chose a réellement
lieu, et c'était dans mes veines une certitude
joyeuse tandis qu'à l'autre bout du fil sa voix
semblait déjà une nouvelle étreinte et une
espérance féconde et tout en lui narrant les
péripéties les plus inoffensives de la soirée je
regardais par la fenêtre le ciel et les toits et le
gris dominical de l'univers et j'avais l'impression que je pouvais moi aussi acquérir "la
faculté de me saisir de l'expérience et de la
retourner, lentement, vers la lumière"
(page 96) et je l'espérais follement à cet ins-

tant et le lendemain la radio annonçait la mort de Delphine Seyrig et je savais en moi-même qu'elle avait eu lieu la veille et nullement à Marienbad.

Cela n'a l'air de rien, mais c'est ce jour-là que j'achetai une ampoule pour remplacer celle de la salle de bains. Depuis je ne savais combien de semaines et peut-être même de mois elle était grillée et pourtant je ne l'avais toujours pas remplacée ni fait le moindre effort en ce sens : malgré l'inconfort et même l'absurdité qu'il y avait à se laver le matin dans l'obscurité et à ouvrir les robinets à l'aveuglette et à ne pouvoir se composer un visage dans la glace je laissais la situation en l'état et pourrir et je m'en accommodais parfaitement tandis que celle qui m'aimait en dépit de mes sous-pulls à col roulé protestait lorsqu'elle venait chez moi et je l'entendais râler le matin et pester et me traiter de fieffé paresseux et d'incorrigible distrait et, au fil du temps, d'égoïste et de ne pas penser à elle ni d'avoir le moindre égard et, pour tout dire, de ne pas l'aimer alors que ce n'était pourtant pas le Pérou, disait-elle, acheter une ampoule était à la portée du premier venu et je pouvais au moins faire cela pour elle et, en tous les cas, il ne fallait pas que j'espère qu'elle s'en charge, certainement pas, il n'en était pas question et tout ceci était grotesque, finissait-elle par grommeler, tandis que je la prenais par la taille et lui disais que ce n'était finalement pas plus absurde que tout ce qui ne marchait pas dans le monde et tout en se dégageant moitié riante moitié furieuse de ma fallacieuse étreinte elle me rétorquait que c'était justement une raison pour ne pas en rajouter et je hochais la tête et lui promettais que l'ampoule serait changée le jour même et depuis des mois je ne bougeais pas le petit doigt, comme on dit ; et voilà que l'idée et même l'envie d'acheter une ampoule me venait le plus simplement du monde et en moins de temps qu'il n'en faut pour l'écrire j'avais vissé une magnifique 60 Watts krypton au-dessus de la glace de la salle de bains et j'imaginais déjà sa satisfaction lorsqu'elle découvrirait que j'avais enfin tenu parole tandis que j'agitais dans ma main l'ampoule défectueuse pour surprendre à l'intérieur le petit bruit du filament de tung-stène et c'est alors seulement que je réalisai qu'elle était bel et bien morte et à cet instant je n'avais pas en tête une simple ampoule, oui, tout à coup je comprenais que je pouvais rem-placer cette ampoule parce que d'une certaine manière la lumière était revenue dans je ne savais quel recoin de mon être et cela avait donc un sens qu'elle revienne à présent dans la salle de bains et pourquoi aurais-je vécu si c'était pour me conformer à la volonté d'objets inanimés ? Si c'était pour changer une ampoule parce qu'elle est grillée et faire plaisir à une salle de bains ? J'avais eu raison de ne pas chan-ger et même de refuser envers et contre tout de

remplacer cette ampoule tant que le faire
n'avait pas de signification pour moi, oui, mon
obstination n'était nullement inepte et il avait
fallu toute cette soirée pour que je m'en rende
compte et l'idée me traversa que celle-ci n'avait
peut-être eu lieu que pour aboutir à ce résultat
splendide et faramineux et, quoi qu'il en soit,
incontestable que je parvienne à changer une
malheureuse ampoule dans une salle de bains
et devant la glace je faillis éclater de rire à mon
reflet et à la face du monde qui s'acharne à
régler des problèmes sans jamais se soucier de
la signification qu'ils ont et doivent avoir pour
lui et non à partir d'eux. Et je songeai tout à
coup qu'elle possédait de son côté une
bouilloire qui une fois sur trois envoyait des
décharges électriques et chaque fois elle pous-
sait un petit cri et sursautait et jurait de s'en
débarrasser sitôt pris le petit-déjeuner et
chaque fois elle n'en faisait rien au prétexte
qu'elle tenait pour d'obscures raisons senti-
mentales à cette bouilloire et maintenant je
comprenais qu'elle ne tenait pas à cette
bouilloire mais justement au fait que celle-ci ne
marchait pas et cela changeait tout et ouvrait
d'incroyables perspectives sur elle et peut-être
même sur tout ce qui se passait mal à chaque
instant sur la planète et je songeai que lui
offrir une nouvelle bouilloire, comme je l'envi-
sageais depuis quelque temps, serait alors la
dernière des choses à faire et la plus inconsé-
quente et la moins propice à ce qu'elle se sai-

sisse de son expérience et la retourne lentement vers la lumière, oui, cela ne ferait même
qu'empirer les choses et l'éloigner davantage
d'elle-même, songeais-je, et lorsqu'elle arriva
chez moi dans son adorable petite robe
marine à pois blancs qu'elle savait aller
comme un gant à mon désir je lui racontai
toutes ces idées folles qui m'étaient passées
par la tête en l'attendant et nous étions dans
la salle de bains désormais illuminée comme
le château de Versailles et elle me regardait
avec tendresse et amusement et je serrais ses
petites mains entre les miennes et elle se pencha pour m'embrasser et ce baiser dura des
années, emportant avec lui tous les sous-
pulls à col roulé de la Terre et les désarrois et
les désespoirs qui s'y dissimulent et s'y accu-
mulent secrètement depuis leur invention.

Enfin je pouvais respirer. L'espace et le
temps ressuscitaient en moi et ils me semblaient illimités et dans ses bras les nuits
m'apparaissaient solaires et pour la première
fois de mon existence peut-être je me sentais
capable de tout et du meilleur avec une
femme et c'est ainsi que naquit quatre ans
plus tard une petite fille, nous étions en
décembre 1994, et je ne l'appris que bien plus
tard et même il y a peu, mais ce fut précisément cette année-là et même ce mois-là que
la sonde Ulysse atteignit enfin le Soleil après
avoir parcouru des centaines de millions de

kilomètres depuis la Terre et ce jour d'octobre 1990 où tout avait finalement redémarré
pour moi et pour ainsi dire décollé entre nous
et tout n'était-il pas splendide ? Merveilleux
et astronomique ? Si tout se passait bien,
Ulysse devait maintenant poursuivre sur sa
lancée et, selon une trajectoire prévue et cal-
culée depuis la Terre, repartir pour un
immense tour dans l'espace devant la rame-
ner aux alentours de 2001 dans les parages du
Soleil et j'ignorais à l'époque totalement ce
qui se tramait au-dessus de ma tête et je n'en
avais pas la moindre idée ni même le plus
petit soupçon, mais durant toutes ces années
je connus moi-même la sensation de m'éloigner de la lumière et celle de m'enfoncer iné-
luctablement dans le noir et le vide après
qu'elle m'eut quitté peu après avoir accouché
et pour ainsi dire accompli sa mission avec
moi, oui, finalement cela ne marcha pas entre
nous et cette fois je restai avec plein de mots
et plein d'explications sur les bras qui m'em-
pêchaient de dormir ne serait-ce qu'une seule
après-midi et je pressentais que la chance ne
viendrait plus sonner à ma porte ou au téléphone, jamais elle ne repasse deux fois sous la
même forme, me disais-je, non, il ne fallait
plus y compter, nulle mystérieuse invitation à
persévérer et à résister et à vivre malgré tout
ne me serait plus lancée et je me trompais :
un soir où nous avions bu beaucoup de bières
à la lumière d'un immense chandelier accro-

ché au plafond, l'éditeur qui allait devenir le mien m'engagea à finir un texte, dans lequel j'avais entrepris de raconter non ma vie, qui valait n'importe quelle autre, mais ce qu'elle m'avait raconté et que j'avais cru saisir dans sa langue et finalement un livre parut en 2001 et comme par hasard il parut à cette date et aussi incroyable que cela paraisse et me paraisse à moi-même, j'avais finalement accompli en même temps qu'une petite sonde de rien du tout une lente et vaste révolution dans l'espace que constituait ma propre histoire et pour la première fois il me sembla que j'approchais avec des mots un soleil qui pouvait être le mien et à cette époque Michel Leiris était mort depuis onze ans et cela faisait plus de cinquante ans qu'il avait écrit que "l'activité littéraire, dans ce qu'elle a de spécifique en tant que discipline de l'esprit, ne peut avoir d'autre justification que de mettre en lumière certaines choses pour soi en même temps qu'on les rend communicables à autrui, et que l'un des buts les plus hauts (...) est de restituer au moyen des mots certains états intenses, concrètement éprouvés et devenus signifiants, d'être ainsi mis en mots" et je me disais que tout le monde devrait commencer par là.

Comme c'était bien lui ! Il continuerait à dire : "Une heure de repos complet après le déjeuner" jusqu'à la fin des temps, parce qu'un docteur le lui avait une fois ordonné. Comme c'était lui cette manière de prendre à la lettre ce que les docteurs disaient ! Cela faisait partie de son adorable, de sa divine simplicité, que personne ne possédait au même degré que lui ; de sorte qu'il agissait tandis que Peter et elle perdaient leur temps en chamailleries. Il l'avait installée sur le sofa devant ses roses et il était déjà à mi-chemin de la Chambre des Communes, de ses Arméniens, de ses Albanais. Et l'on disait : "Clarissa Dalloway est gâtée." Elle aimait beaucoup mieux ses roses que les Arméniens. Traqués à mort, mutilés, mourant de froid, victimes de la cruauté et de l'injustice (elle avait entendu Richard le répéter combien de fois !) non, elle ne pouvait rien sentir pour les Arméniens (n'était-ce pas les Albanais ?). Mais elle adorait ses roses (est-ce que cela ne soulageait pas les Arméniens ?) les seules fleurs qu'elle pût supporter de voir coupées. Mais Richard était déjà à la Chambre des Communes, à son comité, ayant résolu toutes ses difficultés. Mais non, hélas ! ce n'était pas vrai. Il ne comprenait pas pourquoi elle n'invitait pas Ellie Henderson. Elle l'invite-

140

EXTRAIT DE LA PAGE 140 DE *MRS DALLOWAY*, TRADUIT PAR S. DAVID, LE LIVRE DE POCHE, 1985. (*Le Livre de poche propose depuis peu une nouvelle traduction du livre de Virginia Woolf aboutissant à une pagination différente ; ainsi le passage ci-dessus se trouve-t-il désormais page 141. J'ai cependant tenu à conserver la traduction dans laquelle je découvris le livre. C'est qu'entre-temps Richard Dalloway est devenu "un champion des opprimés" n'agissant plus avec "droiture", mais par "instinct", Clarissa a cessé d'être "pure de cœur" pour "avoir le cœur pur" et tant d'autres subtiles modifications qui conviennent assurément aux impératifs de notre époque et permettent d'un seul coup d'œil de mesurer ce dont elle ne veut plus et par quoi elle entend avantageusement le remplacer.*)

TOUT pourrait s'arrêter là et, normalement, tout le devrait. Mais dans une soirée où m'avait entraîné "celle de Lyon", ainsi que j'appelais alors une très jeune femme dont la fréquenta- tion donnait de l'éclat à certaines de mes heures, l'on vint me dire que quelqu'un voulait me parler et même absolument me rencontrer et me féliciter de mon livre et il s'agissait d'une femme, elle m'attendait au bar et c'était Sophie Calle. Sur l'instant je ne compris pas ce que cela signifiait ; mais plus j'avançais à travers la pièce, plus l'excitation me gagnait et même une sorte d'enthousiasme à la perspective de revoir celle chez qui mon existence avait d'une cer- taine manière basculé dix ans auparavant et sans l'intervention de qui rien n'aurait finale- ment jamais eu lieu, oui, d'un seul coup me revenait cette histoire d'invité mystère et avec elle une sensation intacte et miraculeuse dont, je m'en rendais soudain compte, j'avais perdu et oublié la saveur après toutes ces années où ma vie avait accumulé mille autres souvenirs et tandis que je me faufilais à travers les petits groupes d'invités en direction du bar j'avais l'imperceptible sensation de renouer avec le meilleur de mon passé et de revivre ce qui avait déjà eu lieu et je m'attendais presque à ce que tout recommence tellement c'était étrange et même fatidique de la revoir précisément lors d'une soirée comme si toutes les années et les vies qui étaient nées et mortes entre-temps n'avaient finalement jamais existé et que nous allions nous parler maintenant que son problème d'huîtres dans la cuisine était réglé. En même temps je ne gardais pas un souvenir précis d'elle et j'aurais été incapable de la reconnaître dans la rue et il fallut que je me retrouve devant elle pour que me frappe de nouveau, malgré des lunettes à grosses montures noires et sérieuses dont je ne me souvenais pas qu'elle les portât, ce qu'il y avait de franc et de rieur dans son regard et une frange barrait toujours son front et elle portait une robe échancrée qui mettait ostensiblement sa poitrine en valeur et j'étais enchanté de la rencontrer, absolument ravi, et je serrai sa main avec chaleur et elle me dit qu'elle-même était ravie de me rencontrer et aussitôt elle engagea la conversation sur ce que j'avais écrit et tout ce qu'elle disait venait d'elle et plus elle parlait, plus je comprenais qu'elle ne me reconnaissait pas ni ne me remettait, comme on dit, elle ne se rappelait manifestement pas que j'avais été l'un de ses invités mystère et ne semblait même pas le soupçonner et j'avais l'impression que tout devenait lentement irréel dans la pièce et vacillait et s'émiettait et l'espace d'une seconde j'agrippai à deux mains mon tabouret sous mes fesses et y incrustais mes ongles pour me persuader que tout n'allait pas d'un seul coup disparaître en fumée et moi avec et, en même

temps, je ne cessais de lui sourire et je m'effor-
çais de me concentrer sur ce qu'elle disait et
comme à mon habitude je hochais la tête pour
ne rien laisser paraître de l'affreuse sensation
que j'avais de glisser mollement le long de moi-
même et de m'étendre sans bruit à mes pieds
comme une flaque sur le sol et vous avez raison, lui dis-je pour reprendre le dessus, l'important n'est pas de tout dire mais qu'à la fin tout
soit dit et la seule chose passionnante et finalement dangereuse, je crois, c'est de se confronter
à ce qui a eu lieu et que l'on sait avoir eu lieu,
enfin, je ne veux pas avoir l'air péteux, et ce
petit effet de manche oratoire se prolongea
comme je l'espérais en un sourire sur ses lèvres
et ses dents étaient éclatantes et tout son visage
était à cet instant spontané et offert et quelque
chose de lumineux émanait d'elle et comme la
première fois il me sembla que s'allumait fuga-
cement entre nous une sorte d'élan et même
plus qu'un élan et c'était le bouquet, intérieurement je me disais que c'était le bouquet et me
répétais que c'était de nouveau et encore et
toujours le bouquet et même cette fois un
Grand Bouquet et en une fraction de seconde
l'idée me traversa que toute mon existence
n'avait finalement peut-être été que la lamentable exploration de cette expression qui ne
voulait en définitive rien dire, oui, d'un seul
coup le sens de cette expression m'apparut stupide et inepte et incompréhensible et à brûle-
pourpoint je lui demandais si elle connaissait

l'origine de l'expression "c'est le bouquet", pardon, je l'avais coupée, mais il fallait que je lui
dise quelque chose, oui, en réalité nous nous
étions déjà croisés une fois, elle ne s'en souvenait sans doute plus mais j'avais été l'un de ses
invités mystères, tout à fait, c'était il y a une
dizaine d'années environ et c'était en effet
rigolo et extravagant et d'une traite je lui racontai alors dans les grandes lignes comment je
m'étais retrouvé à jouer les inconnus commis
d'office à son anniversaire et l'on pouvait aisé-
ment retrouver l'année car Michel Leiris venait
juste de mourir et je me souvenais d'Hervé
Guibert et c'était donc avant sa mort et elle
réfléchit que ce ne pouvait être qu'en 1990 car
par la suite elle avait quitté la France et tout le
temps que je parlais et entrais dans les détails et
vidais mon sac, comme on dit, elle ne me
quitta pas des yeux et son regard plongeait
dans le mien et j'avais l'impression de la capti-
ver et de pouvoir tout lui dire et je ne lui
cachais pas qu'à l'époque j'avais vécu cette
situation comme une sorte d'humiliation et
particulièrement au moment où j'avais appris
qu'elle photographiait les cadeaux qu'on lui
offrait sans les ouvrir et au mot humiliation
quelque chose s'embua et se noya imperceptiblement dans son regard et elle me dit qu'elle
ne se souvenait absolument pas de moi, elle
était désolée, cela la surprenait d'ailleurs et un
instant j'eus l'intuition qu'elle pensait que j'inventais peut-être cette histoire et je lui dis qu'il

était somme toute normal qu'elle m'eût oublié puisque j'avais été un piètre invité mystère, je n'avais en réalité fait qu'une brève apparition à sa soirée et c'était plutôt elle qui sans le savoir avait joué un rôle immense et imprévu dans mon existence et finalement, lui dis-je, je vous dois une fière chandelle et, d'une certaine manière, je suis même l'une de vos œuvres et elle eut une petite moue pour me signifier que ce genre de flatterie ne marchait pas avec elle et n'avait même aucune chance de l'abuser et sur l'instant cela me réjouit et je la trouvai de plus en plus adorable et même digne de je ne savais quoi et pour changer de sujet je lui demandai si je lui avais finalement porté chance pour l'an- née qui avait suivi et elle me dit qu'elle était partie s'installer aux Etats-Unis et s'était mariée avec un homme qui s'appelait Greg.

Cela n'avait évidemment rien à voir avec moi mais la coïncidence était extravagante et sur l'instant je ne pus m'empêcher de songer que c'était peut-être son mari qu'elle retrouvait à travers mon nom et je lui dis en riant qu'elle ne s'avise jamais de m'amputer de mon goire comme si je savais déjà que nous allions nous revoir et, à propos de son mari, elle me demanda si j'avais vu le film de leur rocambo- lesque mariage à Las Vegas et je lui avouai que j'en avais seulement entendu parler, oui, cette histoire d'invité mystère et de Margaux m'avait en définitive tenu à l'écart de son travail et pen-

dant toutes ces années j'avais délibérément
ignoré sa réputation et même constamment fait
l'impasse sur son nom et définitivement agi
comme si rien de ce qu'elle pouvait photogra-
phier ou exposer ou écrire n'était en mesure de
m'apprendre quoi que ce soit sur elle que je ne
sache déjà que trop et de toute manière l'art
contemporain, comme on dit, ne me disait rien
et, en tous les cas, rien qui vaille, comme aucun
autre milieu d'ailleurs, et cela tenait très certainement à mon ignorance en la matière, fis-je
l'effort de préciser en emplissant de nouveau
nos deux verres de vin rouge, et si j'espérais la
provoquer j'en fus pour mes frais, car elle ne
parut nullement se formaliser de mes propos
et, au contraire, j'avais l'impression que mon
attitude lui convenait et même lui plaisait et un
ami m'avait seulement dit qu'il y avait une
scène dans son film où elle et son mari se fil-
maient mutuellement tout en jouant au jeu de
la vérité ou quelque chose comme cela et à un
moment elle faisait un geste, je ne savais plus
lequel, elle baissait sa caméra et s'arrêtait de filmer je crois et c'était tout à coup comme si elle
déposait les armes et proposait la paix comme
personne n'ose jamais la proposer et, au
contraire, cherche toujours à imposer la sienne,
que ce soit dans un couple ou ailleurs, et c'était
atroce, m'avait dit cet ami qui avait lui-même
des problèmes avec sa femme, parce que son
mari refusait alors de se rendre, il continuait de
filmer et il s'agrippait à sa caméra et se réfugiait

derrière elle comme s'il ne pouvait ou ne voulait ou refusait de voir qu'elle avait fait l'effort
de sortir de sa tour et pris le risque de se montrer à découvert et d'agiter devant lui un mouchoir blanc et cet ami m'avait dit qu'il
comprenait et même partageait ce qui se passait dans la tête de son mari mais qu'il avait follement espéré à cet instant que celui-ci tente
quelque chose et ne la laisse pas dans cet état ni
ne se laisse lui-même dans cet état et en définitive cela se passait très mal avec sa femme et il
m'avait dit que c'était la scène d'amour la plus
minuscule et la plus tragique et finalement la
plus radicale qu'il eût jamais vue au cinéma,
pour la première fois on pouvait voir sur un
écran l'impossible demande des femmes et
l'impossible acquiescement des hommes et
cette fatalité qui les sépare et que nous savons
tous et qui nous reste comme une détresse sur
les bras et, pardon, je parlais beaucoup trop et
de toute manière je n'avais pas vu son film et je
n'aimais d'ailleurs pas beaucoup le cinéma et
elle était en train d'allumer une cigarette et elle
me dit qu'elle aimerait beaucoup rencontrer cet
ami et tout à coup je m'aperçus qu'elle avait les
yeux au bord des larmes ou les larmes au bord
des yeux, je ne sais plus comment on dit, et
cette émotion était totalement inattendue et
elle ne cherchait pas à la dissimuler ni à me
l'imposer, c'était là, comme une sorte de cha-
grin immense et nu et simple et j'attendis seulement que cela passe, je savais qu'il n'y avait pas

de mot à cet instant et je n'en cherchais même pas et elle tira quelques bouffées sur sa cigarette et but une gorgée de vin, puis brusquement elle se tourna vers moi et m'adressa un sourire éclatant qui était à cet instant comme l'invention déchirée d'elle-même et d'une voix légère et joyeuse elle me demanda si j'avais le projet d'écrire de nouveau et je lui dis qu'une astrologue m'avait prédit il y avait des années de cela que j'écrirais un jour un livre et qu'il aurait du succès et que je n'écrirais plus rien ensuite.

Elle-même avait un projet avec une astrologue et préparait une grande exposition et elle avait plein d'histoires à raconter toutes plus insensées et désopilantes et désespérées et extravagantes les unes que les autres et extravagant était son mot et j'avais l'impression que cela faisait des siècles que je n'avais parlé aussi simplement et librement avec une femme, comme si nous parlions le même langage et qu'il était sans entrave, c'est cela, absolument sans entrave et comme nourri de tellement de défaites éprouvées et traversées et surmontées et retournées en historiettes qu'il ne s'agissait plus que d'en faire miroiter les facettes pour nous sentir vivants et de temps en temps mon regard s'attardait sur ses épaules et ses seins et ses lèvres et elle s'en rendait compte et elle ne cessait de me sourire et il y avait quelque chose de talmudique dans son sourire et j'avais envie d'écarter son

agaçante frange qui me rappelait désagréable-
ment mes sous-pulls à col roulé pour découvrir enfin son front et qu'apparaisse en pleine
lumière son visage rendu à lui-même et elle
me dit qu'elle m'invitait évidemment pour son
prochain anniversaire, elle aurait cinquante
ans alors. Elle avait dit cela le plus sereine-
ment du monde, sans la moindre gêne ni
minauder, mais aussitôt je sentis quelque
chose se pincer en moi et comme une ombre
minuscule se glisser dans ce qu'il y avait d'en-
soleillé à cet instant entre nous, cinquante
ans, elle avait dit cinquante ans, ce n'était pas
possible, pas une seconde je n'avais fait attention à son âge ni ne l'avais remarqué, il s'agissait bien de cela et c'était ridicule, elle n'avait
pas cinquante ans, cela ne voulait rien dire
cinquante ans, j'en avais bien quarante-trois et
elle paraissait tellement légère et gracieuse et
d'une certaine manière enfantine et ce n'était
pas son âge, d'un seul coup cela m'apparut, ce
n'était pas son âge aujourd'hui et dans cette
soirée qui m'effondrait, non, mais ce qu'il
signifiait soudain d'affreux et d'insupportable
et de scandaleux pour l'avenir, oui, dans cinq
ans elle aurait cinquante-cinq ans et puis
soixante et cette vision m'apparut irrémédiable et insurmontable comme si j'entrevoyais pour la première fois ma propre
décrépitude et m'en approchais à toute vitesse
et tout en lui disant joyeusement que je vien-
drais avec plaisir à son anniversaire je sentis

que quelque chose en moi cherchait à tout prix à fermer les yeux et ne voulait plus rien voir ni savoir de la cruauté de l'existence et sans me le dire je sus en un clin d'œil qu'une autre petite phrase venait de se venger de celle qui des années auparavant m'avait ouvert d'immenses perspectives et offert sur un plateau l'espérance et l'innocence de l'avenir et le temps m'apparut à cet instant le pire des invités mystère et en la quittant un peu plus tard pour m'en aller avec celle que j'accompagnais à cette soirée je l'embrassai doucement sur les lèvres comme si ce baiser pouvait à lui seul effacer toute l'injustice et l'ignominie de ce qui nous attend et nous guette.

Trois jours plus tard elle me téléphonait. Il s'était produit une chose extravagante, me dit-elle, quelque chose d'absolument insensé et même d'extraordinaire, elle n'en revenait pas elle-même et en riait toute seule au bout du fil et sûrement ce devait être un signe et elle ne me dérangeait pas ? Mon histoire d'invité mystère l'avait intriguée et elle était allée vérifier dans le livre qu'elle avait consacré aux cadeaux d'anniversaire qu'on lui avait offerts pendant des années si elle trouvait ma fameuse bouteille de Margaux et elle n'en avait découvert nulle trace, ni au chapitre de l'année 1990 ni dans aucun autre et j'allais déjà pour protester de ma bonne foi et ce n'était pas possible et cela n'en finirait donc

jamais lorsqu'elle me raconta vivement que
par acquit de conscience elle était descendue
dans la cave où elle entreposait ses œuvres et
je n'allais pas le croire, c'était extravagant, elle
avait fouillé un peu partout et avait même
passé un temps fou à regarder dans tous les
coins alors qu'elle avait bien d'autres choses à
faire et à s'occuper, je pouvais la croire, en
tous les cas il lui semblait impossible que j'aie
pu mentir et de toute façon elle voulait en
avoir le cœur net et je savais déjà ce qu'elle
allait m'annoncer et effectivement elle avait
déniché tout en haut d'une étagère une bouteille de vin encore emballée dans du papier
de soie et c'était un Margaux 1964 et ce ne
pouvait être que ma bouteille et elle était
retrouvée ! Solennellement elle me lut alors
l'étiquette au téléphone : "Grand cru classé –
Château du Tertre – 1964 – Appellation Margaux contrôlée – mis en bouteilles au château
– propriétaire" et sur l'instant je ne pus rien
dire d'autre que c'était effectivement extravagant et, en même temps, tout cela remontait à
tellement loin que je ne savais pas exactement
ce que j'éprouvais ni si cette bouteille avait
encore une quelconque signification pour
moi ; mais elle en avait une à cet instant pour
elle et c'était suffisant et elle n'en revenait pas
que cette bouteille soit restée toutes ces
années dans le noir sur l'une de ses étagères
alors qu'elle était extrêmement organisée et
scrupuleuse et il ne faudrait pas que je le

répète, il fallait que je le promette et je promis, mais c'était la première fois qu'elle se
trouvait prise en défaut dans son travail et elle
avait cependant une excuse, ça oui, parce
qu'il n'y avait aucun nom sur la bouteille qui
puisse indiquer qui avait pu la lui offrir et
comme elle ne me connaissait pas elle avait
songé que l'invité mystère lui avait laissé l'un
des deux "bons pour un cadeau" qu'elle avait
retrouvés le lendemain de la soirée et que personne n'était par la suite venu honorer, légiti-
mement elle avait supposé que je devais être à
l'origine de l'un des deux et c'était ce qu'elle
avait d'ailleurs écrit dans son livre et elle allait
immédiatement m'en envoyer un exemplaire
en y apportant la correction qui s'imposait et
elle était enchantée de l'aventure et sa voix
sautillait d'excitation au bout du fil et elle ne
cessait de s'exclamer que c'était extravagant
et je l'entendais marcher et ne pas tenir en
place car ses talons résonnaient et claquaient
sur ce qui devait être du carrelage et elle était
effectivement dans sa cuisine et comme une
folle cherchait où poser la bouteille pour la
mettre à l'abri et, en même temps, l'avoir
sous les yeux et il fallait absolument que je
vienne la voir et que je me dépêche, c'était
tout à coup une trop grande responsabilité
pour elle et je lui dis en riant que j'arrivais et
dans le taxi qui me conduisait là où tout avait
commencé onze ans plus tôt le chauffeur ne
me raconta aucune histoire et il était même

déplaisant tandis qu'à la radio un journaliste, comme on dit, prenait le temps d'informer que le réalisateur et le scénariste du film *58 minutes pour vivre* venaient d'être embauchés par le gouvernement américain pour élaborer des scénarios stratégiques avec les militaires et, si je comprenais bien, pour que la fiction vienne officiellement au secours et en renfort et à la rescousse de la réalité comme si celle-ci n'était déjà pas une fiction de tous les instants et tout en regardant par la vitre le chemin que j'avais déjà parcouru je songeais à tous les événements qui avaient lieu partout et aux êtres et aux choses et à ma vie égarée et finalement chanceuse et j'étais arrivé et tout en réglant la course dans une monnaie qui n'était plus la même que la première fois je me demandais quel livre était posé sur sa table de nuit et à cet instant j'avais joyeusement envie de le savoir.

Un an plus tard j'étais à Erquy, sur la route de Plurien, Côtes-d'Armor, et il faisait anormalement doux pour un début février et je ramassais des nacres sur la plage déserte tout en réfléchissant à cette histoire d'invité mystère que j'avais décidé de raconter, oui, j'avais l'intention de faire mentir l'astrologue et tous les astres et je me borne à dire la chose comme elle se produisit : au moment même où j'écrivais "C'était le jour de la mort de Michel Leiris", j'ignorais que les responsables de la Nasa et de l'Agence spatiale européenne décidaient de prolonger exceptionnellement la mission de la sonde Ulysse jusqu'en 2008, oui, alors qu'elle était prévue pour s'achever en ce mois de février 2004 après quatorze années de bons et loyaux services et deux rendez-vous réussis avec le Soleil, on lui permettait de survoler celui-ci une troisième fois à l'instant précis où je décidais d'écrire de nouveau et de prolonger le périple qui était le mien et lorsque j'appris cette nouvelle j'éclatai de rire et restai sidéré et j'avais l'impression que c'était à moi qu'une autorisation exceptionnelle venait d'être accordée et je ne savais plus quoi penser, tout ceci me dépassait, oui, par quel prodige mon destin pouvait-il être à ce point lié et, en tous les cas, synchrone de celui d'une petite sonde de 57 kilogrammes ? C'était délirant et d'une certaine manière effrayant et j'appelais Sophie pour lui faire part de cette ultime coïncidence et lui dire que moi-même trouvais cela tiré par les cheveux et personne ne voudrait me croire et elle me dit tranquillement que depuis l'âge de huit ans, que faisais-je d'autre sinon tirer la réalité par les cheveux pour accrocher son scalp à ma ceinture et je n'avais pas à me plaindre et elle avait envie de me voir et en raccrochant je me demandais si, par hasard, elle ne pesait pas exactement 57 kilos.

C'était le cas.

REMARQUES

*Les trente-sept invités ont comparu. Les deux
"bons pour un cadeau d'anniversaire" n'ont
jamais été honorés.* ~~L'un d'eux venait de l'inconnu.~~ *J'ai préféré planter dans le jardin les deux
cyprès et l'ours en mousse. Les cyprès sont morts
de froid et l'ours a dépéri. Il reste d'eux des pho-
tos-souvenirs. Quant au réfrigérateur/congéla-
teur, en raison de son irrésistible utilité, il est
représenté par un livret de confiance Darty. Les
invités ne partageant pas forcément mes préoccu-
pations, la fricassée de langouste a été consommée
sur-le-champ.*

H l'inconnu apporte une
bouteille d'un grand vin.
S.

EXEMPLAIRE DU *RITUEL D'ANNIVERSAIRE*
CORRIGÉ DE LA MAIN DE L'AUTEUR.

GRAND CRU CLASSE

CHATEAU DU TERTRE

— 1964 —

APPELLATION MARGAUX CONTROLEE

MIS EN BOUTEILLE AU CHATEAU

SOCIÉTÉ CIVILE DU CHATEAU DU TERTRE
PROPRIÉTAIRE

© SOPHIE CALLE, 2004.

ACHEVÉ D'IMPRIMER EN ITALIE
EN JUIN 2007
POUR LE COMPTE DES ÉDITIONS ALLIA

DÉPÔT LÉGAL : AVRIL 2004

Ière ÉDITION : AVRIL 2004
3e ÉDITION : JUIN 2007